祝老二的趣話

沒有誰敢說祝老三不是個出色的強盜，只是運氣很差，總是流年不利罷了！

傳說當年在家鄉，他還算不得強盜，只是初出道的彛手，頭一回上陣就失了風，叫人家扭住胳膊，緊緊的揪住。幹彛手這一行，雖不一定要練成銅頭鐵腦，至少也要筋強皮厚，萬一被人攫著，一聲吆喝之下，就成了人人喊打的過街老鼠啦！

祝老三當然免不了隨俗，好歹捱了一頓，不過他筋既不強，皮也不厚，打得也就未免略略顯得太那個了一點，結果使祝老三的脊背上多了些長疤，右腿也短了半寸，走路有點兒搖而擺之，彷彿不甚在乎的樣子。

後來他洗手不幹彛竊了，僅僅乎偷過一條並不太壯的小牛，鄉下人竟然又大驚小怪的修磨他一頓，打了不算，還用牛繩兒拴著他的脖子，要把他懸在大樹枒上吊死。

幸好他有個把兄弟小錫匠，挺身替他作保，說他家裏還有老婆兒子要養活，單望饒他不死。

「好罷，錫匠，這回全算看你的面子，」失主發青的臉上強擠出一絲乾笑來說：「咱們把他放下來，交給你，都行，只問你怎樣擔保他?!」

「下回他再偷，我一定把他交給你們，任意處斷。」小錫匠說：「哪怕真的吊死他呢，我㤝情替他養老婆孩子，再也沒臉出頭保他了，這該行了罷?」

「不成，這不夠爽利。」失主說：「捉著偷牛賊，哪還容得他有下一回?……你要是真心保他，就得依著咱們開出的條件，叫他立即捲行李，滾出這個縣，十年之內，不准見著他的人影兒。」

「好罷，」小錫匠說：「就這樣說了，你放人罷。」

那邊有人把祝老三放下來，死是沒有死，只是把個腦袋弄歪了一點，這樣，使得人們稱呼他的時刻，叫他歪頭祝老三，比原先那三個字，反而更響亮了一點。

小錫匠很夠意思，向人具保結，格外求得半個月離境的寬限，好讓祝老三養傷。限期快到之前，又買了一壺好酒，燒了幾樣菜，替這個拜弟餞行。

「我不是說你，錫匠大哥，」祝老三歪頭喝著錫匠的酒，齜起大門牙說：「你這個人，也真太老實了，你就不出面保我，我算定他們也不敢真的吊死我！」

「算你有本事，」錫匠比劃說：「繩子懸在樹杈上，你頸子套在繩圈裏，腳跟已經離了地！嗯，那是跟你鬧著玩兒的呀?!」

「嗨，那是虛張聲勢，——他們難道沒打過算盤?就算有權吊死一個偷牛的賊罷，棺材總得由他們買一付，讓我白睡，你算算價錢看?就算是白木薄皮材好了，正好是一條牛的價錢，失主賣了牛，買口棺材給我白睡，賺方是我，貼本的是他，只怕一棍劈死他他也不幹！」

「對呀！老弟，」錫匠說：「我這真是狗拿耗子，多管閒事了。」

「你那腦袋不靈光，」祝老三說：「褲襠裏放屁──響（想）到兩叉去了。」

「噯，我說老三，頭歪了，扶不正，腿短了，拉不長，你呢，馬後炮放得再響，也沒用了。我已經跟人家如此這般的具了結，鹹菜燒豆腐，有言（鹽）在先，噯，你要弄明白，我不是攆你走。」

「其實呢，我是小雞吃米，肚裏有數，他們即使不攆，掉頭想留我也留不住啦！」祝老三說：「人說：人朝高處走，水往低處流，不是嗎？」

「是的，是的，」小錫匠一聽這話，滿心歡喜，瞇起兩眼，敬了祝老三一杯酒說；「老弟，你算是想通了，看透了，老古人說的話，哪兒會錯。你這回出門在外，不吃饅頭也要爭口氣，好歹圖個發達回來，我臉上也多分光彩，人是一口氣，佛是一爐香，不錯的。」

「我真是想通了，看透了！」祝老三摸過酒壺，又替自己滿滿斟上說：「我這回也算『大難不死，必有後福』，人又說：孤山養不得老虎，泥塘裏住不得蛟龍，這回我出門，要它娘做一根通天蘆草──節節高升！」

「對，你說得好：節節高升！」小錫匠說。

祝老三趁機又喝了兩盅，塡了塊肉，嚼著說：

「幹𢱢手，多沒出息，偷牛呢，光景也有限，這回我出去，要幹，就豁著幹大一點，

10 祝老三的趣話

買桿銃槍，入夥幹那名符其實的強盜，見金分金，見銀分銀。」

「我的媽，」小錫匠伸著舌頭：「這也是『人往高處走』？」

「你以爲不是嗎？錫匠大哥，三百六十行，照樣有強盜這一行，我這一輩子，一竿子到底不改行了，我不朝高爬，難道一輩子幹掱手？我出去入夥，既它娘『敬』了業，又它娘『樂』了群，全合上老古人話，錯不到哪兒去的，您儘管放心就是了！」

小錫匠想想，他是歪有歪理，邪有邪道，一時也想不出話來駁倒他，就噓口氣說：

「好罷，你只要不在我眼面前現世，隨你幹什麼，我也管不著啦。」

「錫匠大哥，我祝老三不是沒志氣的，也許有一天，我當了獨腳大盜，也說不定，人還說：人不可貌相，海水不可斗量，旁人看扁我可以，您可不能看扁我，我若是混不出名堂，寧願死在路上餵狗！再也不回家就是了！」

「你說得好聽，可不能一去不回來啊，」小錫匠說：「大口小口，一月三斗，你老婆孩子，長時耗費我，我可吃不消呢！」

「好罷，一個月三斗糧，你記上賬，我什麼時刻回家，什麼時刻還。」祝老三說：「不過，路費盤川，您得幫我打點打點，還得給我一份買銃槍的錢。」

歪頭認老三，就是這樣離家的。

傳說祝老三離家去南邊，混得挺得意，——至少沒有再嚐火燒脊梁蓋，牛繩繫脖子的滋味了。

小錫匠盡力幫襯他好幾疊洋錢，原夠他買銃槍和作盤川的，他走出縣界，到了鄰縣的七里鎮，就拐進賭場去了。流年不利的人，到陌生地方去單賭，哪有好果子臨到他嚐，一輸就輸掉一半的錢，他動了火，出去放溺，想把晦氣鬼給溺死，一泡溺剛放完，還沒繫好褲子，就見賭場對面有個穿紅襖的女人笑著朝他招手。

「乖乖，準是半開門兒的（暗娼）。」

祝老三心裏痲癢起來，像有一群螞蟻在爬，當然嘍，情願風流花下死，來生作鬼也風流，決不會是祝老三先說的，何況穿紅襖的女人胸脯高，屁股圓，比家裏那個強了八百個帽頭兒，桌上賭不如床上賭，祝老三拎著褲子，三腳兩步就過去了。

出來的時刻，他身上還有一塊洋錢了。

銃槍沒買得成，祝老三就退而求其次，買了一柄生鐵的單刀揹在身上，到處打聽著，這附近有沒有強盜。有人悄悄的告訴他，這兒是兩縣搭界的地方，七里鎮是股匪窩，說話要當心點，要是教羅大成聽去，腦袋就要搬家了。

「羅大成是什麼樣兒的人物？」祝老三說：「怎麼我從來都沒聽說過？」

對方一聽，真的怔住了，聽他的口氣，簡直沒把大名鼎鼎的羅大成放在眼裏，一個

12 祝老三的趣話

人，明揹著一口單刀在強盜窩裏晃盪，想必是大有來歷的。

「這羅大成，是這一帶的瓢把兒，人都管他叫大爺，甭說名字沒人敢提，連姓全不敢帶呢。」

「是嗎？」祝老三歪著頭，鼻孔朝天說：「我倒想要見識見識這個人物呢。」俗說：路邊說話，草稭裏有人，祝老三這話一說出口，當時就有人把話給傳到躺在鴉片煙鋪上的羅大成的耳朵裏去了。傳話的說：

「大爺，大事不好，鎮上來了個揹紅包袱，帶單刀，歪著脖子臉朝天的矮漢子，連名帶姓的稱呼您，說是要見識見識您呢！」

羅大成半輩子趟混水，走黑道，打下面熬煉出頭的人，一聽這話，楞了一楞，便丟下煙槍，霍地坐起來了，急忙向來人說：

「他是騎馬來的，坐轎來的？」

「都不是。」來人說：「他是兩條腿騎大路——走著來的。」

「嗯，你親眼看見他揹的紅包袱？」

「不錯。」來人說：「大紅的。」

「渾蟲，你還呆站在這兒幹嘛，」羅大成急急的說：「還不趕快吩咐五福樓擺酒，回頭去請那位先生，——你大爺混世幾十年，勉強只揹得黃包袱，那位先生按幫規是我的長輩，你說羅大成親在五福樓候駕，……帶我的禮帖去，說話要客氣，千萬甭得罪貴客。」

祝老三在鎮上走，沿路買了個饅頭，想當街啃，又沒有一杯水，正想去討水，放眼一瞅，那邊搶過來七八個帶刀帶槍的，祝老三嚇得兩腿發軟，想跑又跑不動，板上釘釘似的呆在那裏，還沒來得及開口求饒，爲頭的那個身子一矮，單膝跪地，就把紅帖子送上來了。

祝老三接過帖子，倒拿著，把饅頭揣在懷裏，乾瞪兩眼看著那帖子，他只認識一個「大」字。

「咱們羅大成大爺差小的送來的，」那人說：「他現如今親在五福樓擺酒候駕！務請您賞光。」

祝老三肚子正咕哩咕嚕的唱著空城計，一聽說有吃的，胸脯一挺，精、氣、神，都出來了，他帶著三分驚喜，七分詫異的口氣說：

「羅大成爲什麼好好的請我？哦，一定跟我那大哥有點兒關係！既這樣，彼此都不是外人了，這頓飯，我不吃呢，顯得我祝老三不近人情，我就擾他一餐算了。」

祝老三心眼裏的大哥，是他的把兄小錫匠，那些強盜表錯了情，都認爲是他們瓢把兒的師傅了，一個個大眼瞪小眼，互相吐了吐舌頭。

14 祝老三的趣話

五福樓是鎮上很有些氣派的館子，寬寬的拱廊，粗壯的紅漆廊柱，高高的長條石級，鮮亮迎人，幾個強盜簇擁著歪頭祝老三一路行來，真有些衆星拱月的味道。

「到了，到了。」前面一個說。

歪頭祝老三抬頭一眼瞄過去，哇哇哇，那幾道長條石級上，黑壓壓的站了一大片人，當中有個四十上下，橫高豎大的漢子，身穿青緞團花的長袍，黑馬褂，手上捏著呢禮帽，胸扣上垂著小拇指粗的金鍊子。見著人來，就趕急走下台階，笑出一口叫鴉片煙油燻黑的牙齒說：

「羅大成，通字排行，難得您肯賞光。」

「好，好，」祝老三也齜了齜牙，伸手就拍對方的膀子說：「我說過的，全不是外人，呃，不是外人，我的流年不利，正以爲要餓肚子，這一餐，我擾了！」

「您，請，請……」

祝老三也莫名其妙，爲什麼這個姓羅的對自己這樣的客套？管它呢！反正客套總比冷落好，裏頭有酒有菜，不吃才是傻蛋呢！……進了屋，他叫姓羅的讓到一間大廳堂裏，那兒擺上了一席，席面上鋪著紅布，好像是辦喜事的樣子。

入了席，羅大成把歪頭祝老三多看了幾眼，不錯，他揹的是紅包狀，和一口只配殺狗的生鐵單刀、身上穿著打了好幾塊補釘的空心大襖，領口破了，露出黑污污的棉花來，上面全是腦油，下面穿著一條舊黑布褲子，捲起褲管，腿肚子上都是泥漬，連腳底下那雙草鞋也是破的，瞧他一付土頭土腦的樣子，簡直就像水滸傳裏的武大郎，就算是武大郎也不會像他這樣的歪頭，他哪有半分像是走江湖混世面，揹得了紅包袱的長輩?!

心裏雖有些動疑，面上卻不動聲色，舉起杯來敬酒，陪笑探問說：

「還沒請教前輩，您的字號是?……」

祝老三喝了酒，正打算伸筷子去搶面前那塊肉，對方這一問，他楞了一楞，筷子又縮回來了。

「嗨，走霉運的人，哪還用問字號?……您瞅我這薄包袱，就甭問啦！『大』字輩也變『小』啦！」祝老三胡謅著說：「您既通字排行，想必是『一通百通』，老太太頭上的簪子——路路皆通了？」

羅大成一聽，了不得，甭瞅這歪頭矮子瞧著不打眼，在幫言幫，他的輩份高過自己，聽他那話頭，彷彿嫌自己問得多餘，多少帶點兒教訓的口氣，一驚一嚇，頭上沁出一層冷汗來，連聲應是說：

「前輩多教誨，呃，多教誨。」

「哪兒的話，您如今是當大爺的人！」對方客套過來，祝老三也客套回去說：「我只是個過氣的老三，只說一句：人朝高處走罷！老古人說的話，沒錯兒，是不是呢？大爺。」

「是，是，您吃酒，您吃酒！」

聽他的口氣，不但輩份高，在整個幫會裏，他還做過第三把交椅的，要不然，他怎敢如此托大，自稱過氣的老三?! 羅大成硬叫祝老三一場無心話給唬住了。

「沒請問您的尊姓大名，您說了，我們也好稱呼。」坐在旁邊的一個漢子說了。

「我嗎？」祝老三噏動幾莖焦黃的老鼠鬍子說：「我姓祝，這些年很少有人叫我名字，我那大哥叫我老三，嘿嘿，霉氣的老三。」

「那，咱們叫三叔罷。」那人說：「祝三叔，這樣近乎些。」

這麼一來，席面上的人，有的叫三叔，有的叫三老爺，不單近乎，而且熱乎起來了，挾菜的挾菜，敬酒的敬酒，使祝老三覺得這一輩子從沒像今天這樣的風光過，幾杯落肚，人就有些醉了。

「敢問三叔，一向在哪條道上走動？」羅大成又趁機試探著問起來。

「問我嗎？」祝老三苦笑笑，扒開衣裳。「你們瞧瞧罷，……流年不利，有話也沒話好說了，你們瞧，這脊梁上的疤，這腿上的痕，你們誰受過這種苦？……他們整我，我連哼全沒哼過一聲。」

祝老三的意思，是說他是掱手和牽牛賊，常叫人攫著猛揍，而他總是逆來順受，沒敢吭聲，其實當時他哪兒還能哼得出聲來——早就暈過去啦。

而看在那窩強盜的眼裏，全不是祝老三的原意了，有人認為是上公庭，熬過非刑的，有人認為是遇上外幫高手拚鬥時所留下的創痕，……連羅大成也讚嘆說：

「咱們這位三叔，不愧是大字輩的人物！」

「甭誇了，我的大爺。」祝老三叫說：「時運背，騎蛤蟆都騎不住，我一到鎮上，就栽啦。」

「哪兒的話，三叔，旁的話我不敢說，這小小的七里鎮，有姓羅的在這兒，決不至有人給您半點兒難處。」羅大成陪笑說。

「賭場是你們開的罷？」祝老三說。

「不錯。」

「那些賭台上的老幾真厲害，」祝老三聳聳肩膀，做出無可奈何的表情說：「我一上去，三花兩繞，連路費盤川都下去啦。我是個窮漢，那幾塊錢，還是我那大哥送的，這傢伙，可不是栽了嗎？」

底下還該有幾句話，祝老三想說可沒來得及脫口，他的意思是跟強盜頭兒訴苦，趁機求告他，准他入夥，可是，話沒說完，對方就說了：

「是那兒混賬小子，吃了老虎心，豹子膽，敢贏三叔的錢?!——快替我把大洋端上

18 祝老三的趣話

來。」

祝老三一杯酒剛喝完，那邊業已把整整的銀洋給托上來了，羅大成執意要祝老三收下，祝老三不敢收，推讓了好半天，小心翼翼的捏了一小疊兒，一面呃呃的打著酒嗝說：

「夠了，儘夠了，我醉是醉的慌，銀洋卻還認得。」

「您打算在七里鎮上多盤桓幾天？」

「嘻嘻，」祝老三被這番奇遇弄樂了，咧開嘴，笑出一口黃牙說：「您這一客氣，我……呃呃，我倒不敢再留啦，明兒大早，就得上路啦。」

「這麼急著走幹嘛？」羅大成說：「不嫌小地方簡慢，您該多待幾天的。」

這一餐飯，是祝老三平生從沒吃過的盛筵，醉得迷裏馬糊的，不知什麼時刻散的席。等他再睜開眼，發現他竟然置身在一間挺講究的房子裏，躺在一張平時連看都沒看過的床榻上。

那床是紫檀木的，床沿立著透雕的護格，雕著許多花草、雲朵和神仙，隔著一層飄漾飄漾的紗帳，看也看不甚分明……。

我的乖乖，我它媽這是睡到雲上來了，這麼軟法兒？祝老三迷迷糊糊的伸手一摸，喝，錦綾被子光滑滑的，比大姑娘的屁股還細嫩得多，簡直是龍床，敢情?!偷偷把垂下的紗帳撩一撩，歪著腦袋朝外看，乖隆冬，那邊的妝台上立著一盞帶罩兒的煤油燈，燈前坐著個奶包鼓鼓，屁股圓圓的雌貨，那緊身的紗衫褲穿了好像沒有穿，鏡裏的那張臉，值得人撲上去乾啃一口的，活活的水蜜桃只怕也沒有那紅腮上的水多。

再仔細看看，嗯，這張臉好像在哪兒見過？在哪兒呢?!……哦，有七分像是賭場對面矮屋裏的那個穿紅襖的女人，如今脫了紅襖，更像盤絲洞裏的女妖啦！

祝老三伸著舌頭舐舐嘴唇，原想說些什麼，一張開嘴，就「哇」的一聲，吐出一口苦水來了。

「怎麼樣？還要吐？」

這回因為是醒過來了，在這種樣高貴細軟的床鋪上邊，你就打他一棍，他也不敢吐出來，咱們的祝老三，把那口苦水含在嘴巴裏嗽了一嗽口，又連湯帶汁兒的嚥回肚裏去了。

「這……這是什麼地方？呃……」

「您喝醉了，這是五福樓的套房。」女人說：「要什麼？」

「帶點兒水來罷，我很渴。」

「酒後喝水，傷肝的，您就來點兒苦醋罷。」

苦醋實在很酸很苦，因為是女人親手端著餵的緣故，祝老三把滿滿一杯啜完了，也沒皺一下眉毛。女人身上有一股子迷人的香味，祝老三連著朝裏吸氣說：

「五福樓？我怎會到五福樓來著？」

20 祝老三的趣話

「敢情您真的醉糊塗啦?……羅大爺他請您吃酒。」女人有些狐媚的攏著他說:「連羅大爺他都管您叫三叔,敢情您也姓羅?」

「我祖宗八代都沒姓過羅,連我也不知道他跟我沾的是什麼親?帶的是什麼故?」

「您是在說笑話。」女人說:「在七里鎮上,羅大爺接待客人,從沒像對您這樣恭敬法兒,……聽說您揹的是『紅包袱』?」

「嗯,這倒不錯。」祝老三想了一想說:「我那包袱裏又沒有金銀寶貝,瑪瑙珍珠,他用不著跟我這樣客套呀?難不成他想要穿我那件破大襖,……那上面少說有兩碗米粒大的蝨子,除開我,誰穿了都會叫咬得睡不著的。」說著說著,伸手在後頸摸了兩個叮在一起的蝨子,順便放到嘴裏,咬著吃掉了。

女人沒說話,身子朝後挪一挪,有些煩嫌的樣子。

「妳不吃?」

「很髒。」

「誰說的,這是珍珠米,吃了補人的。」

「我就弄不懂,您這大字排行,是怎麼混的?」女人說:「走江湖的老長輩,不都是講檯面的嗎?」

「什麼檯面不檯面?」祝老三打著酒呃:「一個又幹掱手又偷牛的人,有什麼檯面好講，人叫人吊在半虛空裏，一鞭子抽下去，像一隻打轉的陀螺，三鞭子抽下去，人就飄漾飄漾的上天去了！」

「您又在逗趣了。」女人癡望著他說：「在幫的長輩，早年也？……」

「誰在幫來？我就滿街爬著跟人磕響頭，只怕也沒人願意收這麼個徒弟。」祝老三洩氣說：「我若是能在家根混下去，怎會充軍似的朝外跑？」

「那……那你的紅包袱?!」

「我老婆的褲子，我撕了當包袱用的，」祝老三說：「人窮，凡事都馬虎些，——本當送進染匠坊，染個老藍的，男人家，揹著也好看些。」

女人忽然有些幸災樂禍的笑起來：

「照你這麼說，羅大爺他是認錯了人了，你不是他的什麼長輩？」

「敢情是。」祝老三說：「他要叫我三叔，我又有什麼辦法?!」

「明兒早上，羅大爺聽說要集齊那夥子人，到南邊空場子上，請您亮一套刀法，你懂嗎？」

「妳怎麼知道的？」

「他手下人講的。」

「那……那很糟，」祝老三一嚇，酒便叫嚇退了一半：「我哪兒會什麼刀法？姑奶

22 祝老三的趣話

奶，我只會橫一刀，豎一刀，轉過臉去又一刀。」

「成嗎？」女人兩眼一瞇說：「他要是摸清了你的底細，曉得你是假冒的老長輩，你知他會把你怎樣？」

「怎樣?!」祝老三一緊張，脖子便朝前伸得長長的，活像麻將牌裏的七條。

「從這兒切掉你吃飯的傢伙！」女人比個手勢，一掌沒砍著，祝老三的腦袋早已縮到衣領裏去了。

女人把兩隻黑眼珠轉了一轉，又轉了一轉，她人還沒動彈，可憐祝老三一拍屁股，業已戰戰兢兢的爬下床，打著牙顫跪在榻板上了。

「我的好姑奶奶，咱們總算有一火肉套肉的交情，日後我變驢變馬、變豬變狗……。」

「還有什麼好法子？」女人說：「趁夜晚天黑，你就拎著鞋，赤著腳，悄悄的溜走罷，西洋鏡兒沒拆穿，他還以爲你這老長輩脾氣怪呢。」

「我該朝哪兒走呢？」

「你打房外順梯子下樓，走後院，茅坑那邊有一道矮牆，牆外有道土圩崗，圩崗外面有路，你愛朝哪兒走，就哪兒走。」女人加上一句說：「走得越遠越好，千萬甭再繞回羅大爺他的眼睛眉毛底下來。」

「多謝妳指的這條明路。」祝老三磕了個草草了事的響頭，伸手就去抓他的那口生鐵單刀和紅包袱，轉臉想溜走了。

「慢著。」女人一把扯住他說：「你這窩囊醉鬼，害我半夜守著你，一會兒端茶，一會兒倒水，……你走得倒蠻麻溜，——腳心像抹油似的。」

「叫我拿什麼謝妳？」祝老三苦著臉說。

「哼，你倒會反穿皮襖，裝羊！」女人伸手就從祝老三的懷裏，掏出那一疊銀洋來說：「剛剛我就數過了，一共十三塊，是羅大爺送你的。」

「這個，這個，」祝老三苦笑著，有些捨不得。

「甭這個這個的了，我單問，究竟是錢值錢？還是你的命值錢？俗說：羊毛出在羊身上，這些錢原不是你的，你捨不得?!」

「我的菩薩媽媽，老子的娘。」祝老三說：「我是混秋了水（秋水，指清澈見底，空了的意思。）的人，妳不要趕盡殺絕整端我的鍋去，留個一塊兩塊給我壓口袋，難道叫我出門餓肚子？」

「沒良心，該天殺！」女人指著他的胸口說：「你當真會餓肚子，你懷裏明明揣著一個冷饅頭！……你要再磨蹭著不走，我喊一聲，這錢也不是你的，——他們砍了人，現砍現埋，一向沒買過棺材。」

24 祝老三的趣話

女人硬是耍了一套黑吃黑，祝老三是：討了便宜柴（財），燒了夾底鍋，拔開門一溜煙溜走了。

祝老三一向是六竅皆通的人，最會打算盤，一邊摸黑朝後溜，一邊暗自盤算著，人說：風吹鴨蛋殼，財去人安樂，可真沒錯，我花錢進賭場，輸雖輸，也算過了手癮，花錢逛土窯子，拿錢買肉，兩不虧本，白吃羅大成那強盜一頓，拿了十三塊給了十三點，算來還落一場白吃，倒也算是轉運，只帶一點兒小小的霉斑罷了！

繞過黑忽忽的茅廁坑去翻那道矮牆，那小小的霉斑大了些兒，也許酒後腿軟，頭一回沒翻過去，倒栽在茅坑裏，渾身沾上臭屎不說，最痛心的是那隻冷饅頭滾沒了，摸了幾下子也沒摸著，反弄得滿手淋漓。

這一身臭屎，算是祝老三外找得的利錢。

雞叫三遍，祝老三已經遠離羊角鎮，到了一條滿生著蘆葦的荒河邊，每顆圓圓的石子，都使他咕咕響的肚皮念起他那丟在茅坑裏沒摸回來的冷饅頭。

晚夜要是不喝那麼多的酒，多麼實惠，他想：不醉不把肚裏的東西吐空，不會這樣快就餓！不醉不會把那十三塊洋錢送給那穿紅襖的娼婦，至少也會……不醉不至於腿軟翻不過矮牆，黏了一身臭屎。

尤獨是放過那黑吃黑的雌貨，最不甘心，初睜眼的印象刻在人心裏，紅頰，香味，穿了好像沒穿的紗衫褲……使他記起早先常哼的俚曲兒來：

「那一呀一更裏，
月兒照妝台呀，
燈下的小大姐兒
她癡癡的等郎來喲……」

有一天，螞蚱生了翅膀，沙灰發了熱，我祝老三絕不會便宜那個雌貨就是了！……胡思亂想一陣子，上面的老大餓得發軟，下面的老二卻見了精神，好像安慰老大說：

「祝老三，祝老三，誰說你一身之外無『長』物來著？在那穿紅襖的女人身上，你雖花了錫匠的錢，我也擺過威風，甭勾著頭瞪我，咱們誰也不欠誰的！你拿我做個樣兒，硬起你那歪脖子來罷，日子還有得混呢！」

日子真要有得混，頭一宗該下河洗把澡，把這身黏著大糞的破衣裳洗掉，晾晾乾，才能上路，要不然，讓人聞著這一身的臭味，只怕討飯也叫不開人家的門呢！

打定主意，歪起腦袋瞧瞧，天也亮了，祝老三把衣裳脫掉，搓洗了一陣兒，又抄水在身上，通身洗抹乾淨了，這才拐上岸來，找一處蘆葦稀疏的地方，把大襖和褲子晾在石頭上。幹完這一宗正事，祝老三才覺得又餓又睏倦了；好在這兒離強盜盤踞的七里鎮業已有

26 祝老三的趣話

一夜狂奔的路程，又是在荒鄉僻野上，不怕羅大成跟他手下那夥子人找來算飯賬，與其睜著兩眼挨餓，還不如睡覺養精神呢！……好在衣裳不晒乾，精赤條條也動不了身。

祝老三又打定主意，動手扯了些蘆葉，鋪成個狗窩似的野鋪，一絲不掛的躺下來參見周公去了。等到麥芒似的紅針扎在眼皮上，把他從夢裏刺醒，瞅瞅太陽，已經過了晌午時啦。

「我的兒，你老子該上路了！」

他伸手摸摸晒在石頭上的破大襖，乾呢，並不算太乾，溼呢，也不能算是太溼，馬虎點兒穿上，連焐帶晾罷。上面穿妥了，伸手去撈褲子，誰知一陣大風起，那早已乾透了的褲子像長大翅膀，招搖招搖的飛走了。

「嘍！」祝老三吐了一口唾沫，罵說：「你老子餓得發昏，你倒它娘的樂哉！」

邊罵著，邊拎起單刀和紅包袱，像狗攆兔子似的，去追他自己的褲子。那褲子在風裏飛一陣，滾一陣，快過飛奔的野兔子，而祝老三的跛腿卻比不得狗，——論數目，也足差一半，眼看那褲子竟然飛到河那邊去了，河雖不算太寬，卻欺負祝老三這個不會泅水的旱鴨子。

霉斑又擴大了一圈，無怪祝老三嘆說：

「倒它娘的窮霉，我的老二呀，早先我祝老三再苦，也還有個破屋你住著，現如今，你跟我一樣的，一樣的『原形畢露』了！」

好在四野無人，沒誰瞧著他那付狼狽的形像，他把空心襖子的下襬朝下扯一扯，雖然談不上遮擋，倒也聊勝於無，就這麼順著河岸朝下走，想找著一座橋，或是遇著渡口，好過河去找他那獨一無二的破褲子。

走呀走的，走了三四里地了，渡口沒遇著，橋卻叫他撞著了一座；那是座窄窄長長的小木橋，橋那邊苦竹叢叢，好像圍著三五戶人家。

「橋比渡好！」祝老三喃喃的勾著頭說：「免得稍公老爺瞧著。但則過了橋，你要乖乖聽話，見著人家姑娘婦道，千萬不要抬頭！……豬八戒抬頭，嚇壞人，難以爲情的是我唐僧。」

還好，這村上的人敢情都下田去了，屋前屋後，靜悄悄，連咬生的狗都沒有一條。祝老三捱不住餓，原想去討點兒吃的，既沒有人在，那只好自己動手了。也說不上是偷，只不過順手牽羊，在人家簷口摘了幾條風乾的胡蘿蔔，撥開紅薯窖兒，拖了幾條比老鼠還大的帶鬚的紅薯，啃啃壓壓胃火。

但等繞到後面時，他就有些是存心作賊的了。

那家屋後有個小小的晾衣場，一支光滑竹竿上，晾了一串兒晒得迸乾的衣褲，爲了取所需，祝老三就怡然自得的動了手，把一條青布褲子抹了下來，草草穿上之後，才發現那

28 祝老三的趣話

褲子又肥又短，原來是一條老婦人穿用的女褲。

無論如何，它是一條褲子，那就管不得「顛倒陰陽」什麼的啦！

祝老三一生窮苦慣了，雖然撈來一條褲子，並沒能忘記剛剛丟掉的那條破褲子，就好像跟穿紅襖的湯湯水水過後，仍記著家裏那個平臉塌鼻子老婆一樣。

「等找著那一條，好歹也有替換的。」

他又從河這岸溯河而上，去找他那條捲逃而去的破褲子。一走又走了一兩里路，遇著三個牽牛拉耙的農人，迎面問說：

「噯，敢問三位大哥，剛剛有沒有看見我的那條破褲子？老藍布的，上面打著四個補釘。」

「穿著褲子找褲子？這人是個傻子，」一個望了他一眼說：「咱們沒見著你那寶貝褲子！」

「大哥你瞧，他怎會是個傻子，他賊眼溜溜的精明得很，身上還揹著單刀，看樣子，真像七里鎮上來的強人。」另一個說。

「嗨，二楞子，不興說楞話。」

「我說楞話？」那個翻眼說：「你這人，怎會好好的丟掉你的褲子？」

「甭提了，人走霉運，」祝老三說：「我只有那一條褲子，丟不得的，你們要是沒見著，我得去找！」

「一條褲子？」楞子說：「你明明有兩條，——要麼你身上穿著的這條不是你自己的？哈，……我瞧出來了，這條是女褲。」

這時候，一直沒開口的那個跳出來說：

「這傢伙是個賊強盜，我認出這褲子是我媽穿的那一條，我剛賣了糧，替她扯布縫的。」

「完了！」那個楞子叫說：「這傢伙可砸了『鍋』了，你媽褲子穿在他身上，他的褲子又脫沒了，這本賬怎麼算法？……黃鼠狼進了老雞窩，他攫著了！」

那兩個平素耕田種地的漢子，一旦遇著揹刀的陌生人，原有三分憚忌，無奈楞子這一叫喚，那個年輕小夥子以為他媽如何如何了，心一橫，火一動，歪肩放了犁，掠著叱牛的鞭子，奮不顧身的就朝祝老三猛撲過來，罵說：

「你這歪頭畜牲，你竟敢動我媽？……我跟你豁著命，拚了！」

祝老三半輩子還沒遇著這般兇神惡煞似的陣仗；一個動了手，三個全動手，三支長鞭炸得刷刷響，從三面一齊捲了過來。這當口，壓根兒沒他分說的餘地，除了抽刀抵擋，就得卅六著，走為上著。

說是打罷，一口掄不出招式的生鐵單刀，未必能鬥得了三支鞭子，說是跑罷，他那一長一短的兩條腿，更未必能跑得贏對方的六條腿。不過，祝老三還是記住雙拳不放四手那句老話，轉身拔腿，就朝回跑將起來。

一共沒跑上二三十步，後面追上來了，二楞子大聲吆喝著說：

「都來呀，都來捉賊呀！……小虎子他媽的老沙鍋，叫這傢伙砸破啦！」

苦也苦也！祝老三暗自叫苦，哪兒是自己砸鍋，這楞傢伙硬給黑鍋當帽子，放在自己頭上來啦！兩腿虛虛軟軟，催也催不快，誰在後面飛過來一鞭子，鞭梢搭住了自己的小腿肚子，一抽一扯自己就跌了一跤。

滾身爬起來，身上挨了幾鞭子，祝老三這才先禮後兵的拔出刀來橫在面前。說真箇兒的，他並沒膽子揮刀見血去打這場架，只是狗急跳牆的辦法，擺出點兒困獸猶鬥的架勢，指望分辯幾句。誰知他這一停身，那三個農人一點兒不含糊，鐵匠做官，打字朝前，三條鞭就蓋上來了。

這辰光，就連祝老三那種橫一刀，豎一刀，轉過臉去又一刀那種蹩腳的三刀也沒施展出手，剛把生鐵單刀高高掄，吃人家抖手一鞭，鞭梢絞在腕子上，那柄好不容易花錢買來的單刀，就它娘依依不捨的脫了手，跟皮鞭敘表親去啦。

若說祝老三扔了刀，就到了山窮水盡的地步，那也言之過早，他一急之下，想到懷裏還揣著些硬玩意，——剛剛偷來的紅薯和胡蘿蔔，甭看這些玩意兒不輕不重，急處用來，砸不著人也能嚇嚇人；他趁著轉身逃跑時，暗暗掂了一個在手裏，後面的一追近，他回手就扔說：

「多個腦瓜子會吃飯，嚐嚐你三爺的土炸彈。」

黑不嚨咚一個玩意兒劈面飛過來，正打在楞子的鼻梁骨上，楞子鼻酸淚下，朝地下一蹲說：

「厲害，土炸彈！」

那兩個拽牛尾巴踩大糞的傢伙，一聽炸彈兩個字，齊齊蹲在地上。雙手捂住耳朵，閉上兩眼，半張著嘴巴，自以爲這傢伙是必死無疑的了，誰知隔一晌沒見動靜，才又睜開眼來怨說：

「楞子你害死人，什麼土炸彈？」

「是那歪脖子傢伙說的。」楞子說：「那玩意打在我的鼻子上，打得我鼻涕眼淚一齊出，死了我爹，我也沒這樣傷心過。」

「放個炮竹還響一聲呢，是炸彈怎麼不響來？」

「敢情沒炸。」楞子說：「那不是嗎？」

那兩個一瞅，罵說：「咱們受了騙啦，這哪是什麼土炸彈？是窖裏偷的紅薯……追！」

32 祝老三的趣話

也算祝老三時運背，他趁機會把生鐵單刀重新撿在手裏，跑是跑了一截路，但不夠快當，一跛一拐的，像是中了槍的兔子，跑到叉路口，小土地廟背後竄出一條狗來，纏著他狂吠不休，這一耽擱，三個叉追上來了，楞子罵說：「你跑不了，你那法寶叫老子們識破了。」

「這回給個真的你嚐嚐！」

祝老三又扔出一個玩意兒，不巧打在狗身上，那個年紀大些的眼尖，指說：

「好哇！偷了紅薯，外加胡蘿蔔，……這全是贓物，賴不掉的。」

「好了，那邊又有人來了！……嗳大頭，攔著這傢伙，他是賊忘八，又偷東西，又佔了虎子他媽的便宜。」

那邊來的不止一個，一輛裝草的牛車上，坐了好幾個男女，那個叫大頭的男人，手裏擎著一把長柄鐵叉，聽了楞子的話，便打車轅上跳下來，平端著鐵叉，暴喊一聲闖過來，抖動叉柄說：

「毛賊秧子！再不放下刀來，爺一叉下去，叫你五臟六腑出來透風。」

他那神氣，簡直像油鍋邊上的鬼卒。

祝老三不由自主的扔了單刀，撲的一聲，人就矮下去半截兒。那些鄉巴佬還算客氣，沒容他磕響頭，就上去把他撲住，反剪雙臂，扭住兩腿，使牛繩把他捆個結實，扔到牛車的乾草上去了。

牛車朝前滾，祝老三臉朝下，嘴巴頂在霉味很濃的乾草上，可惜他不是喜歡吃乾草的牲口，叫嗆得直咳嗽，那些鄉巴佬在牛車四面走，盡說些使人心驚肉跳的話。

「你說這傢伙不作孽？……虎子他媽六十歲了，守了半輩子寡，又生著熱病留在屋裏，叫他褪掉褲子開了葷，這種該死的東西！」

「虎子，你還不趕快跑回去瞧瞧，你媽也許羞得跳了河了！」

「不會跳河。」虎子說：「多半是在屋裏上吊，……她只有這條褲子，卻穿在這畜牲身上！沒褲子穿，她怎能出門？」

「阿彌陀佛，這孽可作的大了！」一個婦道人說：「咱們該把他怎樣呢？」

虎子急匆匆的先跑走了。

叫老大的那個發狠說：

「這東西穿女褲，回去我要拿刀閹掉他，要他曉得，女褲是沒××的人穿的。然後，我要用慢火烤他，先把他下半身烤熟了餵狗，上半截兒讓他活著……。」

「要是虎子他媽死了，我要把他渾身潑油，當成一支活蠟燭，替那可憐的老婆祭墳！」

「有這多的麻煩，依我，替他背上墜塊大石頭，扔進河裏餵魚蝦算了！」楞子說。

34 祝老三的趣話

祝老三聽著，脊梁骨一節連著一節發麻，禱告說：

「天也靈，地也靈，列祖列宗全顯靈！這回只要能留我一條狗命，我要再幹順手牽羊的事，叫我指甲蓋上生疔，天雷把我屁股打成兩瓣兒！」

——這咒，是他危急的辰光的口頭禪，虧他想得出來，賭了等於沒賭。

牛車停在那村子的麥場當央，經人吆喝，來看熱鬧的男女老幼，一共也來了好幾十人，他們把四馬攢綁的祝老三扛了下來，吊在井欄木架上，便又七嘴八舌的爭論起怎樣區處他的問題來，有的要這樣，有的要那樣，總而言之，這兒的人更要野蠻些，光要弄死他，卻都沒想到要替他買一口棺木。

祝老三這回皮肉並沒受什麼苦，人卻嚇得昏來醒去兩三番，滿襠都是尿屎。

好不容易有吉星高照，那個虎子出來了，人問到他媽怎樣？虎子說：

「這傢伙沒怎樣，褲子是他在晾衣竹竿上偷走的，我媽沒下床，褲子是我妹子洗的，另外，他偷了幾隻胡蘿蔔，幾隻紅薯。」

大夥兒一聽，鬆了一口氣說：

「原來這等的，他只是個毛賊。」

「我看，」叫大哥的那漢子說：「褲子替他剝下來，多少打他幾扁擔，放掉算了！」

「哪還用打？」有人捏著鼻子說：「這傢伙甩得很，尿屎都嚇出來啦，瘟毒毒的一股臭氣。」

「褲子也不能扒他的，」又有人說：「這傢伙沒有另一條褲子，你扒得精赤條的，露出老三件來，叫姑娘們瞧著，醜得不成樣子了。」

「嗨呀，算我倒楣，」虎子說：「我媽她說，男人穿過的褲子，她再也不能穿了！……這把鐵單刀，我留著，那條褲子，讓他穿走罷。何況他又拉了一襠屎屎。」

祝老三就這樣的被人攆離了村子，打也沒有打什麼，只是那些村上的女人，每一人各拿一把掃帚，邊舞邊送，他抱頭鼠竄的告饒著走的。

一把單刀換回一條褲子，外帶一些胡蘿蔔和紅薯，祝老三划算划算，一點兒也沒虧本。不過，這回他沒敢再把褲子脫下來洗，而是連人帶褲子一起下水，沖沖刷刷，然後釘在身上焐乾了的。

第二天，他又流浪到另外一個鎮市上了。

祝老三想過，流年不利的辰光，實在不能動手做案子，連它媽順手牽羊，都驚濤駭浪的，擔很多要命的風險。想是這樣想，可惜肚皮不太願意，祝老三出來闖天下，總不能聳肩搖膀子，勒緊褲帶亂晃蕩。

「要想幹事順當，非得要弄份香燭去拜拜菩薩，求個籤許個願心不可。」

36 祝老三的趣話

可惜這集鎮很小，附近沒有廟，只有一處尼庵，在鎮梢的河彎上。沒有和尙，跟尼姑們打打交道更好。祝老三說去就晃蕩去了。

那庵名叫水月庵，冷丟丟的三間庵房，東邊一座香火塔，西邊一座香火塔，小得鑽不進一條狗去，庵後有棵梧桐樹，庵前繞了一彎湲湲闊闊的流水，那邊連著一望無邊的平沼，沒有遠山雲樹，只有一些疏落的水蘆葦。

庵裏也有三五七個尼姑，老尼姑太老，小尼姑太小，只有一個尼姑長得白臉青頭，一舉一動，都替祝老三兩眼點火。

誰說這兒都只是鏡花水月來，祝老三盯了那尼姑幾眼，腰裏就有把小扇子在煽動慾火了。若說穿紅襖的是水蜜桃，這尼姑就該是大青梨，那光頭硬像青梨，除掉上面薄薄的一層青，不知該怎樣白法兒呢！

實在祝老三只是心猿意馬略放一放韁繩，他來求神，當然是「偷」字爲先。

「施主來上香？」

「沒錢買香，只帶一份心香來。」祝老三說。

「嗯，難得有一份心香。要求籤嗎？」

「就是爲求籤來的。」

小尼點上香燭，把佛燈剔亮，歪頭祝老三也裝模作樣跪禱一番，求出一支籤來。大青梨低低的唸著籤語說：

「此命生來極坎坷，
秋水江湖歷風波，
十年歲月如梭急，
梭梭猶自織網羅。」

那青頭白臉的尼姑一釋籤語，祝老三的臉就長下兩寸來，比得過長臉的毛驢，霉運既推賴不掉，只好由他去罷，我祝老三何不今晚就在尼庵裏試試，看這籤語究竟靈驗不靈驗？

他出了尼庵，暗自把他心裏的算盤，反覆的敲打著，偷尼庵，並不太難，庵堂正中全是木格扇的門，半截兒是雕花糊紙，只要伸手戳破油紙，從花格兒裏去拔閂子，就很容易把門弄開了。

老尼跟小尼睡東廂，青頭白臉的從西廂出來，當然睡西廂，正中神案上供的有香花果酒，可以揣著當乾糧，人們上庵納獻的香油費，全納在神案一邊的木櫃裏，自己趁拔籤時，用膝蓋抵了一抵，裏頭很有些份量，估量有幾大吊銅元（一百枚為一吊），……只要先攫著這些，就夠好生活它個把來月的了。

好不容易挨到月落星沉的黑夜裏，祝老三如法炮製的進了尼庵的門。他先爬進東廂房，抱了一大堆衣裳，又爬進西廂房，抱了一大堆衣裳出來，然後把衣裳送進香火塔的肚子裏藏著，回來吃供桌上的果酒。

「誰在外頭吃果供？」老尼姑的聲音說。

祝老三一聽，把果子含著，不嚼不嚥的停了一會兒，再聽有什麼動靜。

「沒有什麼聲音。」一個小尼的聲音，有些睡意朦朧的說：「師太耳力差了，只是風吹梧桐葉子響。」

「噢，沒聲音就好。」老尼說，窸窸索索的翻了個身，敢情又睡了。

祝老三成竹在胸，照樣吃他的果酒。

也許他餓極貪饞罷，吃相又太粗，上唇和下唇膠合時，總弄出特特的怪聲來。這回，老尼姑又說了：

「怪呀，我明明聽見誰在外間吃供物，特、特、特的，像豬吃食。哪裏是什麼風吹梧桐葉子？」

「睡罷，師太，敢情是野貓。」

「也許只是老鼠！」

小尼姑約摸膽子小，說話都有些打顫，空朝黑裏噓了幾聲，祝老三不單沒在乎，反而聯想起她們撮起的花瓣兒似的小嘴，不沾葷的小嘴。

「妳披衣去看看，妙素。」老尼說：「聲音還在響呢！」

「我……我不敢，師太。」

「嗨，妙貞陪她去，佛燈在亮著呢。」

兩個小尼賴不了，敢情是在摸衣裳。摸了一會兒，又回床去了，嘰喳耳語著，連老尼姑也不再開腔了。祝老三弄清了行情，知道東廂房的幾個已經害怕了，就悄悄走過去，一歪屁股坐在床榻上，東一把，摸著一個葫蘆頭，西一把又摸著一個葫蘆頭，再摸時，連葫蘆也縮到被面裏去了，一床都在那兒打抖。

「你……你是誰？」老尼的聲音在哀懇說：「這是佛門清靜之地……。」

「我是獨腳強盜祝老三，我曉得這是清淨之地，只是多了些銅臭，……錢櫃的鎖匙呢？給我。我替妳們打掃打掃，包管更清靜了！」

「菩薩在頭頂上，」老尼說：「鎖匙不在我這裏，在西廂房，妙清那裏，薄祿錢財，都是她管的。……她也許睡著了。」

「不要緊，我去摸摸看。」

「摸頭就成。」老尼姑趕忙說：「頭上沒戒疤的就是她。」

祝老三推了東廂房，跨進西廂房，還沒捱近房門呢，就聽床上有人曼聲驚問：

「誰？」

「強盜。」祝老三說：「妳甭喊叫出聲，妳們的衣褲全叫我抱走了！妳們叫起來，我就脫光身鑽進妳們的被窩，到那時，一灘渾水，誰也洗不清……。」

「你……你……要什麼呢？這是佛門。」

「我嗎？嘿嘿，我來找菩薩借點兒路費盤川，菩薩答允了，把錢櫃的鎖匙給我！」

「鎖匙在這兒，」床上的聲音說：「我們的衣褲呢？……你不是尼僧，要它沒用的。」

「在外邊香火塔的黑洞裏塞著。」祝老三說：「等我走後，妳們摸黑去取就是了！」

他順著聲音摸過去，摸著伸過來一隻素手，又滑又細又柔，手上真的捏著鎖匙，這一回，他的心又盪漾了起來，扣住那隻手說：

「妳是一隻大白梨，我得啃一口。」

「甭嚇我，佛門吐不得污穢言語，」尼姑說：「你不信？立時就會有報應的。」

「我不信，」祝老三嘻皮涎臉的說：「讓我香一香（即吻一吻），菩薩連錢都肯借，這個，他不會嗔怪的。」

「罪過罪過。」女尼說：「我們茹素。」

「不關緊，我只讓妳嚐嚐小五葷！」

他剛把腦袋朝前一伸，就聽見背後有人宣了一聲佛號說：

「阿彌陀佛！」

隨著這一聲佛號，有個很重很硬的東西打在他的後腦上，他朝前仆倒，吻著的不是那妙齡女尼花朵似的唇瓣，而是堅硬的床沿。這一吻，吻腫了他的嘴唇，以及三顆剛剛很神氣的吃著供果的牙齒。

他醒的時候，躺在庵後的荒路邊，眼裏金蠅飛舞，連早上的太陽都是青黑的，——他的腦袋究竟不是頭號木魚，吃不住那麼大的木魚棒槌敲擊的。

不過，這一回他還算保本，老尼姑留給他一隻黃布小袋，袋裏有兩塊硬餅、十塊銀洋和幾串銅角兒。

袋口上有字，正是昨夜他聽過的：

「阿彌陀佛！」

唯一使祝老三覺得難過的是：尼姑們顯然不知道他吻掉了三顆門牙——根本啃不動這樣硬的烙餅！

歪頭祝老三在水月庵的尼姑那兒得了點利勢（黑話，意指撈了一票。），使他抖了好幾天，忘記那是尼姑送的了。

「我不能常撈小魚小蝦，要麼就撈一票大的！」他跟他自己說：「只要轉一轉運氣，朝南去一路順風就好了！俗說：十年河東轉河西，莫笑窮人穿破衣，我它奶奶一腳踏在機運上，也許會腰纏十萬貫呢！」

他一路朝南走，在路上反覆的打著算盤。

像這樣手無寸鐵做強盜，那是萬萬不行的，到了一座鎮上，他不得不花錢買了一柄獵銃和一把比上回那把略爲好些的單刀，另外，又買了些火藥、鐵砂子和紫銅的槍炮兒。

在路上，他就仔細看過，這一帶的田地肥沃，那些莊戶人家也都很整齊，不但房舍高大，屋前草垛相連，有好些村莊頭上，都拴得有騾有馬，可說是肥得冒油。如果說做案子，搶掠這些村莊當然夠過癮的，難就難在自己光桿一個鳥人，沒有牽線臥底的不說，連個把風望陣的幫手也沒有。錢固然是好東西，自己這皮包水的腦袋，也不是那麼輕易拿去送人的禮物呢！

除掉搶掠村莊，最能獲得沒本大利的，莫過於攔路劫財了。

一想起攔路劫財，歪頭祝老三就止不住怦怦的心跳；早先聽人說書，說起那嘯聚山林的大王爺，真比老虎還神氣，聽說山下有肥羊（**即有錢的商客**）路過，立即披掛了下山去，先放它一支響箭，然後攔頭出現在密林夾峙的山道上，唸著：

「此山是我開，此樹是我栽，若想由此過，快丟買路錢！」

嗨，那等的神氣勁兒，不就跟老虎吃羊一樣?!過往行商傳說是膽小怕事那一型的，只要略爲擺出點兒陣仗，不怕他們不叩頭求饒。我祝老三有一支槍在手裏，找個偏僻的地方等著，只要弄著一票，就夠安逸好幾年的啦！

他走到三叉路口一座酒鋪兒裏，叫了幾碟子小菜和一壺白酒，翹起二郎腿喝了一頓，算是替這回翦徑祝賀。一壺白酒灌得他醉醺醺的，走路兩邊打晃，走到黃昏時，前面到了一座山崗，崗左是荒荒的一大片墳場，崗右是墨潑也似的一片樹林子，那條荒路彎曲著，打當中橫過去。

「嗯，這倒是個滿合適的地方。」

心裏這麼一轉念，他就走進那片黑鬱鬱的樹林裏去了。他把銃槍裝上火藥，安了槍炮兒，橫擔在膝頭上，賊眼睃睃的目注著眼下的那條道路，等待看他心裏所想的那種獵物。

過不上好大一會兒，咿咿呀呀的一陣車輪兒滾動的聲音由南朝北淌了過來，間夾著牲口的噴鼻聲，扁擔的吱唷聲，這些聲音使祝老三又緊張又興奮起來，不過，立時他就發現這一股子商客的人數太多了，他們一共有十多輛手車，七八匹騾馬，三四付擔子，合計二十多條精強結壯的漢子，單憑自己這一支銃槍，只怕壓不下來，錢財雖是好東西，太擔驚險卻也划不來，他搖搖頭，不打算出去了。

「喝，好陡的坡路，推車推得人腿酸，一會兒功夫，累出一身臭汗來。」領頭那輛車的推車黑漢子說：「哥兒們，咱們在這兒靠住，好歹歇歇氣兒再走罷。」

44 祝老三的趣話

「好，靠就靠一靠，抹把汗再下崗子。」有人應和著，這些手車和騾馬，後跟上來的擔子，彷彿帶一股跟祝老三挑戰的神氣，就在他伏身的草莽正下方歇下來了。

鼻尖上抹糖，聞著吃不著，歪頭祝老三心裏那股難受勁兒，可甭談了。如今他心裏只有一個盼望，——盼望他們早走早好。

誰知那些傢伙的磨蹭勁兒大得很，歪身坐在車把兒上，天南地北的聊開了。

「噯，我說老大，你說今早上的那傢伙，笑不笑得死人？他竟然單身一個人，帶了一支獵銃和一柄單刀，伏身在頭道崗子上，想當攔路劫財的山大王！」

「而且竟敢衝著咱們來上一手，可不是天大的笑話？」另一個說：「比起誰的匣槍，他那火銃都算是母的，咱們沒把他帶來見官，已經便宜他了。」

「盧小七兒開他的玩笑，也夠他受的了！」被叫做老大的漢子說：「小七兒，你過後怎麼他來著？」

「也沒怎麼樣，」後面那個精瘦些的年輕漢子說：「他一見大夥亮傢伙，趕忙扔了火銃，把單刀抖抖的舉在頭頂，撲的朝下一跪，那真像它娘的曹操獻刀。等你們走後，我用匣槍敲著他腦殼，咚咚的像敲木魚，問他是那個道兒上的？他說是賈老虎那夥兒裏的。我說：它娘的，假老虎算啥玩意？真老虎見了咱們照樣嚇出溺來呢！——你今天遇著的，全是武二郎的夥計。」

「哈哈哈……你比方得好！」一個又胖又大的漢子暴聲的大笑起來，其餘的人也笑得哄哄的。

而歪頭祝老三聽了，卻有些脊背發涼。他把身子儘量朝草稈裏挪一挪，希望這幫人王不要發現他。又過了好一會兒，這些人才又上路走了。

要不是我夠機警，差點兒觸著霉頭，祝老三想起來，就有幾分自鳴得意的味道。天說黑就黑了下來，山風把山茅草抖弄得嘩嘩啦啦的亂打人臉，白酒力薄，沒後勁，幾個呵欠一打，渾身就有些發冷。一彎下弦月像一角叫誰咬賸下來的燒餅，祝老三揉眼瞅瞅，這才覺得肚子又有些餓的慌了。不過他立即又想起來，這是頭一回攔路劫財，必得要打起精神來等著過路的肥羊不可，冷些，餓些，只好委屈點兒先忍它一忍了！於是，他拍拍咕咕叫的肚皮，安慰說：

「兄弟兄弟，你莫叫，且等我老三撈一票，旁的事情慢計較，一定先修五臟廟。」那肚皮真會撒嬌，曉得歪頭祝老三意思，一連打出幾個臭閧閧的餓屁，都在細聲細氣的說「苦」。

祝老三就這樣的摟著銃槍，在黑夜裏苦等著；冰寒的夜氣包裹著他，使他五頭聚會的團縮在那兒，像一隻被人踢弄過的刺蝟。

月光落在眼下那條凹道上，路影子白糊糊的，彎彎曲曲的通入遠處的朦朧，等得尿泡發漲兩三回，連它媽一隻狗也沒等著，想必那些過路的財神老爺，都早已落店安歇，鑽進熱被窩睡覺去了！哎！怨不得人說：三百六十行，行行都有一本難唸的經，這才初出道兒，就已經熬得受不了啦！

月牙兒在浸寒的薄霧那邊走，看上去白蒼蒼的像害了一場病的瘦臉，朦朧的光暈是一盆冷水，潑在歪頭祝老三起皺的前額上，山風是隻大掃把，掃過來一大陣落葉，又掃過來一大片哀哀泣泣的蟲聲，連剛勁的山茅草也瑟瑟的抖成一團，一迭聲的喊冷了。

歪頭祝老三把腦袋半縮在油膩的衣領裏，儘力聳起兩隻肩膀，像一隻被大雨淋濕了翅膀拐兒的公雞，靠在背後一棵脫了皮的白楊樹幹上抖索著，那棵細細長長的白楊，也跟著他抖動，給祝老三一丁點兒同病相憐的安慰，不過，宿在樹上的一隻鳥卻有些不願意，隔一會兒就發出一兩聲喉音很重的咕嚕，抖抖翼子，拉下一泡屎在祝老三的頭上，彷彿存心臭一臭這個不知趣的傢伙。

夜越朝深處走，想在這條荒路上等著過路的肥羊的機會就越少了，不過，歪頭祝老三並不灰心，他想到一般行業初開張的時刻，總有幾天是半賣半送的，我它媽白貼這一夜也不要緊。倒霉的眼皮像抹了一層漿糊，叫它不黏不黏，它偏要朝上黏，瞌睡蟲更是猖獗，這裏那裏的亂啃著人，周身全叫牠們給啃得鬆散了。

好罷，這就先靠著樹根睡一會兒，即使叫冷和餓逼得睡不著，打一打乾盹也是好的。

剛一闔上眼，樹上叭噠又下來一泡鳥糞，正打在剛才那個老地方。

「你娘的，你這隻臭鳥！」祝老三使袖口擦抹著，抬臉罵說：「你在哪兒吃了這麼多的油水？半夜三更在這兒窮拉肚子，我的腦袋可不是你的茅房（廁所之意）。」

罵完了，又有些自憐的說：

「鳥雀銜著你的腦袋拉臭屎，你的霉運還要拖上三年！人它媽連隻鳥都不如，——空肚子還拉不出屎來呢。要是天亮再不發利勢，你該解下腰帶上吊，連下半截兒全顧念不了啦！」

說是這麼說，歪頭祝老三並沒有真的想上吊，閉上眼，黑裏就有一錠白白亮亮的大元寶在跳，一會兒，元寶隱沒了，又換成穿紅襖的女人，脫得一絲不掛，橫躺在那兒，像一隻脫了毛的羊，白得令人發抖。

他就在這幾種圖景的閃變裏睡著了。等他被凍醒時，又是另外的一天。山路上的塵沙沒落，有幾批趕早上路的商客業已走過去了。祝老三渾身凍得發麻，胃裏的餓火燒過去，餓倒不覺餓，人卻有些飄飄蕩蕩的。

但他還得耐心的等著。

太陽露了頭，歪頭祝老三還是沒等著人，實在熬不住了，便自言自語的說：

「敢情選錯了地方？這兒風水不好，又衝著一大片墳塋堆兒，許是犯了鬼忌，我看不

48 祝老三的趣話

如扛了銃槍走它一段路，撞著誰就是誰罷！」

他走出那片霉氣的黑樹林子。沒精打采的拖著腳步，朝前走了一段路，遠遠看見一個穿著黑襖黑褲的漢子，牽著一匹狗大的驢駒兒，驢背囊裏撐得鼓鼓的，那漢子肩上扛著一根紅紅的棗木棍，棍頭上挑著個看來搶眼的藍布包袱，一晃一晃的在他頭頂上招搖著。

「嘿，我想的不錯，剛換個地方，運氣就來了。」

歪頭祝老三瞅瞅那匹毛驢兒，雖說只有狗大，究竟不是一條狗，好歹稱得上是匹牲口，驢背囊鼓鼓的，無論是什麼，總還有點兒東西在。那隻藍布包袱裏頭，也許有些散碎的路費盤川，值得動手了！

他把身子閃到一邊的土崖壁的彎處，半伸出腦袋瞅著來人；那人似乎沒覺得前面有人窺伺著他，儘顧著朝前趕路。祝老三看著他，個頭兒不大，身子也不見壯實，年紀約摸有四十好幾了，精瘦精瘦的一個長頸子上面，安著一個略朝前伸的腦袋，頭上盤一支細長的小辮子，一臉都是久受風霜的核桃皺，兩隻小眼骨碌碌的，好像有幾分混世走道的那種精明。

兩人相隔還有三五丈地時，祝老三橫著銃槍，蹦出來攔住那人的去路，結結巴巴的說：

「朋、朋友！毛驢跟包裹丟下來，我就、就放你……過、過去！你得識相點兒，甭、甭弄火了我，開統轟碎你那會吃飯的傢伙。」

「唷，二哥，我還沒弄清你是幹啥的呢？」那人抬頭時倒楞了一楞，等到看清祝老三那付德行，就放肆的笑起來，口氣親熱得好像遇上老朋友似的。

「問我？」祝老三說：「我就是吃這行飯的。」

那人鬆開驢繩兒，退後兩步，歪頭晃腦把祝老三重新打量一番，笑說：

「瞧我，人還沒老呢，眼卻變拙了，竟沒瞧出你老哥跟我是同行？……我不好說得，你手裏要沒這根銃槍，倒像是個幹拜手的。」

乖隆冬，這傢伙的眼睛毒得很，自己的尾巴根子，叫他三句話就掀起來了！祝老三伸出舌頭，又掩飾的去舐舐嘴唇，反嘲說：

「瞧你這模樣兒，也不比我高明，幸好你有匹毛驢，還有一個包裹，要不然，我就疑心你是端瓢執棍的討飯花子了！」

「我說，你老哥真是法眼，」那人露出黃牙說：「真人面前不說假話，我早先原就是個討飯的。」

「那我也要說：我早先原就是個拜手。」

那人斜著眼珠兒，嘿嘿的笑說：

「英雄不論出身低，沒請教您尊姓大名？」

50 祝老三的趣話

「我叫歪頭祝老三，你老哥是……？」

「我叫斜眼胡老二。」那人說：「人都叫我斜眼虎，……其實是隻走霉運的餓虎，三個月沒吃過一塊肉了，餓火燒得滿肚子饞蟲朝外爬呢。」

「算我倒霉，擺不脫飢一頓飽一頓的日子。」祝老三嘆了口氣，把銃槍順手揹到肩膀上去說：「頭一回攔路，遇到你這同行的，我不牽你的驢，取你的包裹，難道還讓我請你白吃一頓？」

「你比我強，」那個斜眼胡老二說：「你還混得有支銃槍、有把單刀揹在身上，我是一身之外無長物，——除了一根鳥棒子，常年蹲在黑松林裏做夢。」

「那你這匹驢和包裹是——？」

「剛剛在另一條道兒上做了一票，」胡老二說：「我遇著一男一女，像是一對小夫妻，男的揹著包裹趕驢走，女的騎在驢背上，我在後面打了男的一悶棍，毛驢發驚，把女的顛落下來，我就取了包袱牽了驢棍，兩樣都有了！裏頭是些什麼東西，我還沒看呢！」

「咱們是同行不是？」祝老三說。

「當然是同行。」

「好，」祝老三說：「你弄到財物，我是見眼有份，你得分一份給我，你要是取包袱，我就牽毛驢，你若是想要毛驢呢，那就得分我包裹。」

「咱們雖是同行，可沒合夥。」

「咱們雖沒合夥，但總是同行啊！」

斜眼胡老二皺皺眉毛，心裏有些不情願，但他對祝老三身上揹的銃槍和單刀，總有幾分憚忌，只好硬著頭皮答允說：

「好罷，但則咱們初次碰面，又都餓著肚皮，不好在這人來人往的路上，大白天裏分贓，得先找個僻靜的地方歇歇腿，先瞅瞅驢背囊和包袱裏是些什麼？」

「那邊是座墳場，荒草半人高，倒是個僻靜的地方，」祝老三說：「咱們就到那兒去好了！」

兩個餓癟了的傢伙，一個揹著銃槍和單刀，另一個撮著毛驢挑著包袱，又路朝墳場那邊走。

在路上，胡老二跟祝老三說：

「聽你老哥的口音，不像是本地人？」

「兔子不吃窩邊草，——我出來轉轉！」

「嗐，你弄岔了。」胡老二說：「黑道上有句話，說是：小手論『土』（小手，指偷雞摸狗的小土匪，全意為小土匪應該熟悉地方上的情形，不宜離家太遠。）刀客論『股』（刀客，大土匪的俗稱，全意為大土匪都是一股一股的，股勢越大，實力越強，越好闖

盪。）你老哥既不夠『土』，又成不了『股』，朝後打算怎樣混法？」

「你甭門縫看人，把我祝老三看扁了！」祝老三得意的說：「我難道不能做獨腳強盜，撈幾票大的？」

「你不是幹獨腳強盜的料兒。」

「爲什麼不是料兒？你說說看！」

「我沒見世上的獨腳大盜，要死皮賴臉的分我這不打眼的包袱跟毛驢的，傳出去，不怕人把大牙給笑掉？」

乖乖，祝老三心想：這傢伙真是邪皮，老是在言語上把套子來套人，總不捨得把打悶棍得來的財物分給自己，你再滑也不成，老子有槍爲大，就分定了，你又能變出什麼花樣?!

「我不過說說，我並沒認真要當獨腳強盜。」祝老三說：「也只是比方來著。」

「我也不過講講，」胡老二說：「我並沒認真說是不把東西分給你，——你比方來，我比方回去，總行，你老哥千萬不要多心。」

兩人假聲假氣、假情假意的互打了一陣哈哈，又把話題轉到攔路劫財和土匪頭兒賈老虎的身上。

「你揀這條道兒劫財，算是揀錯地方了！」胡老二說：「甭看這條路荒冷，它卻是直通南北的商道，早先賈老虎在這一帶做過大案子，商客有了戒心，如今他們都是帶了長短傢伙，結夥上路，你就有一支銃槍，也壓不住他們，也許你連現身全不敢現身。」

「這話倒是實在話，」祝老三說：「昨夜晚，這兒來了一股商客二十多人，個個有匣槍在身上，他們把車子歇在我伏身的地方，談起話來硬得很，說是真老虎也不怕，甭說賈老虎了，我簡直嚇得打抖呢。」

「嗨，老哥，我說你還是回家抱孩子去罷！」胡老二說：「你真差勁，白放過一票大生意！——我剛剛忘了跟你說：也有一批商客，身上根本沒帶傢伙，他們卻故意裝出膽大的樣子闖關，逢著地勢險惡，樹林濃密的地方，他們就故意的停車歇馬，高談闊論的說些大話，嚇唬小膽子的——像你老哥這類的人物，其實，遇到這幫真正的肥羊，你是一支銃槍獨吃到底！沒想到你卻大睜兩眼被他們騙過了關。」

被對方這麼一說，歪頭祝老三真又有些悔恨起來，可又不敢形之於色，怕被這斜眼老二笑話，急忙兜轉話頭問對方說：

「老哥，你曉得哪條道兒上好做案子？我呢，路途不熟，門檻兒不精，卻有銃槍在身上，咱們兩個人，捻成個雙股辮兒，真正合夥如何?!」

「何必呢？」胡老二說：「你若真心想入股，快快去找賈老虎！你有銃槍一支，單刀一把，入股要比較佔便宜得多，至少有個三等強盜給你幹。」

「你是在說笑話，」祝老三說：「我沒聽說過，強盜還帶分等的？你說說看。」

「在賈老虎那兒，就分等級，」胡老二說：「入夥時，帶去長槍十支或短槍五支以上，封你一個大頭目，這算是一等的。要是長槍五支或是短槍兩支以上，給你一個小頭目，這算是二等的！你有人有槍，算是三等，像我這種光有人沒有槍的，只能算是四等，——替他們燒茶煮飯，看管童票，混一口飯吃，連贓物全分不到。」

「嘿，照你這麼說！我硬是比你老哥高上一等了！」祝老三飄飄的樂說。

「甭樂，你還沒入夥呢。」

歪頭祝老三被他說得有些心動了。人的膽氣是在江湖上歷練出來的，自己忘不了是掱手出身，一天正經強盜全沒幹過，總是恍惚的怕被人懸吊起來，捱鞭子抽打，一想到當初失風的事，人就自覺縮小了，如今，雖說遠走高飛來南邊，離開家根那塊霉氣的地方，又買了一支銃槍在手，老實說，有沒有膽子衝著人頭開銃，連自己還拿不準呢。要真投奔賈老虎，弄個三等槍手幹幹，平時狐假「虎」威，成群論陣的充充殼子，到時分它一份兒，一來活得安穩些，二來也好練練膽子。

「二哥，你說，找賈老虎，究竟是怎麼個找法？」祝老三說：「兄弟就是存心想找他，只怕還摸不著門路呢！」

「找旁人也許不好找，若說找賈老虎，那可簡單！」胡老二說：「你只要扛著銃槍朝西走，見人就問賈老虎在哪兒？自然有人會告訴你。」

「我的媽，我餓得前牆貼後牆，爬全爬不動了！哪還能走？」祝老三乾嚥唾沫說：「我倒盼望你那驢背囊裏，能裝著些吃的東西。」

爬到墳場中間的荒草窩裏，那匹毛驢想必也餓透了，攫著荒草就先吃將起來。胡老二卸下驢肚袋，把鼓鼓的背囊搬下來，兩人找塊石碑座兒坐下，撿寶似的打開背囊只一瞅，口水全滴下來了！

一邊背囊裏裝的是果酒茶食之類的禮物，另一邊是烙餅和肉，撲鼻香，另外還有一支盛水的毛竹筒，裏面裝著解渴的竹葉清茶。

「喝，一定是那小子的丈母娘過壽，」胡老二說：「老子可沒想到，一棒打出這許多東西來！」

歪頭祝老三攫過一瓶酒，用牙齒咬開軟木的塞子，咕嘟咕嘟喝了幾口說：

「他丈母娘沒吃到，全便宜咱們這兩個野丈人了！……還是你那鳥棒子行！有了它，走哪兒，吃哪兒，愜意得很。」

他說著，又抓了一把茶食塡在嘴裏。

斜眼胡老二打開藍布包裹，裏面沒有什麼財物，全是女人的換身衣褲，肚兜兒，小衣之類的東西。

「這包袱簡直沒什麼用場，分給你，留給大嫂用也是好的。」胡老二說：「我是光棍，用不著它，我恁情要那匹狗大的毛驢。」

「不不不，」祝老三說：「你留著娶親用，毛驢給我騎也是一樣，你我兄弟，哪講究這麼多，推來讓去的，不好看，就照這麼辦就得了。」

他只顧喝酒吃東西，沒留心對方鐵青的臉色，說著說著，就聽呼的一聲，斜眼胡老二的那根棗木棍畫一個圓弧，正砸在他的後腦門上。昏迷中聽見對方笑著的聲音：

「看在同行的份上，這包袱留給你了！」

歪頭祝老三有些不甘不願的躺平了，好像喝了三瓶壽酒，他很想嚷叫說：「打悶棍也該慢點兒打，——我還沒有吃飽呢！」這話當然沒能說得出口，心裏有那個意思罷了。

幸好他昏迷的時間並不算太久，也不過半天的功夫，醒來後，倒有些補足了覺的感覺。被悶棍敲過的腦袋，疼倒不覺得疼，只有些麻麻木木的，好像多了些斤兩。

「胡老二這傢伙，還算夠意思，」他摸著後腦殼上腫起的大疙瘩說：「我的東西，他沒拿我的，他的包袱卻留給了我，只是這一棍打得太重些了。」

天過晌午時，太陽已經朝西打斜啦，這時刻不再動身，難道還想留在亂塚堆裏找鬼？祝老三重又揹起他的銃槍，拎起他自己的包袱，他把胡老二留下的藍布包袱踢了一腳，原想不要的，走了幾步又覺捨不得，還是回身撿了起來，勒在腰上。

如今該朝哪兒去呢？只好依著斜眼老二的話，找路朝西罷，也許真會找著賈老虎，弄個三等強盜幹幹的。他打定主意，順著崗坡上的草徑朝西走，西邊是個大荒蕩兒，荒蔓蔓的草野，一直伸延到極遠的山腳下去，山後還有山，山後還有山，疊疊的峰頭鎖在橫雲裏，一路上荒得很，舉眼看不見人煙。

胡老二該不會騙我罷？人說：望山跑倒了馬，我要走多久才能巴得到山腳下的人家呢？他又飢又渴的跋涉了半天，總算巴到了一座很大的山村，歪身在一座碾盤上歇了下來，這才覺得兩條腿好像不是他自己的了。

黃昏雲燒得火亮亮的，把西方的山峰都烤紅了；祝老三揉了一陣子腳，想進村裏去討些吃喝，又覺得自己揹著單刀和銃槍，有些不像討乞的，只好窮抓腦袋想主意，但他那腦袋自從挨了悶棍之後，一直懵懵的，有些宿酒未醒的味道，想了半天，也沒想出主意來。

村裏好像有人辦喜事，人來人往的很熱鬧，又有鞭炮的聲音，又有酒菜的香味，連狗都分到了帶肉的骨頭，在他眼前跑來跑去的炫耀，這更使他的心動了。

「管他呢！有人問我爲啥揹著銃槍？我就說我是去西山行獵的，先想法子混它一頓再說，人是鐵，飯是鋼，不塡飽肚子，怎能去找賈老虎？」

於是！他就走進村裏去了。

58 祝老三的趣話

幾十戶人家的大村子，簡直像一座半邊的街市，不過它究竟不是真正的街市，沒有賣吃食的鋪子，他這個陌生人一走進村子，村子裏就有好些人注意他了。

「看樣子，你是個遠地來的，」有個莊漢問他說：「你是來跟咱們二大爺他老人家拜壽的嗎？」

「你們二大爺今天過壽？」

「七十整壽。」

「我倒沒記得。」祝老三含糊的說：「我是帶了銃槍，到西山打獵來的。」

「喝，你好大的口氣。」那個人大驚小怪的叫了起來：「在咱們這兒，就算有後膛洋槍，也沒有人敢單身去西山打獵，西山有老虎呢。」

「不管它有什麼老虎不老虎，」祝老三說：「真老虎我也打，假老虎我也打。」

「你？你真的敢打賈老虎？」

「怎麼不敢？——我正要找他呢！」祝老三扯住那人追問說：「你能不能告訴我！賈老虎他……他在哪兒？我不瞞你說，我就是爲找他才來的。」

「好極了！」那人跟祝老三立即親熱起來，扯著他說：「你也許沒聽講過，這個賈老虎實在可惡透了！真老虎也沒像他這樣兇法。」

歪頭祝老三嗯應著，心裏這才有點兒透亮光，那個斜眼胡老二，真是「眼斜心不正」的東西，慫恿自己朝西來找賈老虎，叫我見人就問，原來他明知這一帶的莊戶人家跟賈老虎過意不去，要暗中送我來墊刀頭，真它娘的陰毒得很，毋怪乎那一棍把自己腦殼敲得暈了一整天了！

「賈老虎怎樣兇法？」他問那人說。

「這個天殺的強盜，」一個婦道人搶著說：「他經常來打家劫舍，明火執杖的擄人。」

「咱們村子上人多，槍枝也足，他兩三回圍撲，全叫咱們打退了，就在前沒幾天，他親自帶人來，喊著要洋錢三大千，說是過限不交錢，燒殺進來，要殺得馬不留面，人不留頭，燒得全村地塌土平，不留半個男丁活口，……真老虎吃人，也沒有這麼大的口胃啊。」

「可惡極了，」歪頭祝老三順水推舟說：「等我找一頓飽飯吃了，我要去拔掉他的毒牙，讓他只能茹素，再也不能沾葷。」

「正巧，咱們二大爺今天做壽，設的有酒席，您這就去坐席去好了！」那個人這樣說著，一群村上的人就把歪頭祝老三一路簇擁了過去。

祝老三雖然心裏早就貪婪想吃，口頭上還虛情假意的推托說：

「這……這怎麼好意思，我連份薄禮全沒預備，來了就白吃二大爺的壽酒。」

祝老三的嘴頭上朝後賴，腳底下走得快，推托著，一面就入了座，自家把壽酒來斟上了。這位二大爺敢情是這個莊族裏的族主輩的人物，古稀大壽做得滿排場的，大顯門兩旁有鼓樂班子張篷坐著，光顧吃喝不顧吹打，地上也聊勝於無的落了一層爆竹屑兒，門斗上掛著兩盞壽字燈籠，只有一盞亮著，好像壽星翁一向是個節儉慣了的人——要不是睜一隻眼閉一隻眼，只怕連古稀大壽也不願意鋪張花費呢。

酒席擺在前屋裏，一共四桌酒，佔了兩間屋，還有一間是磨屋，旁邊拴著一匹灰驢，喜氣洋洋的踢騰著，那股撲鼻的驢騷味，比人味足得多。

「二大爺，二大爺！」那個人扯著祝老三，跟那個拖白鬍子穿馬褂的老頭兒說：「這位遠客，是特意趕的來，跟您老人家拜壽來的。」

「噢，好，好極了，難得還帶了銃槍跟單刀來送禮，」老頭兒瞇著眼說：「正好拿它去對付賈老虎。你們就把這禮物給收了罷。」

歪頭祝老三一聽，這老頭兒怎麼光朝裏糊塗，不朝外糊塗？硬把自己的混飯傢伙拿當禮物看，一急之下，忙不迭的說：

「二……二大爺，我一來是拜壽，二來是去西山打獵，這不是壽禮，壽禮在這兒呢！」

他急中生智，想到今早上斜眼胡老二丟的包袱，包袱裏留下的那些年輕婦道人家的東西，放在身邊也沒用，不如拿當壽禮送出去，反而少個累贅，……管它合不合，換頓壽酒喝。他雙手解下腰眼那個包裹，迷裏馬虎就給遞過去了。好在這位白鬍子二大爺不挑不揀，見禮就收，笑閉了兩眼，也就迷裏馬虎接下去啦。

「你遠道來，好歹多喝幾盃罷。」二大爺拍拍他的肩膀說：「我老眼昏花，光看你臉熟，一時倒忘記我們沾的是什麼親了。」

歪頭祝老三一想，我的老天，我不知他趙錢孫李，他不知我周吳鄭王，能沾個什麼親呢？不過照理說，這位名不知姓不曉的二大爺過壽，自己來了，送禮坐席，總得扯上點兒轉彎抹角的親親故故才夠熱乎些，於是，他就含糊籠統的說：

「嗐！二大爺。親不親，一家人，都在一本百家姓上！一口氣唸到頂底，不外乎就是了。」

歪頭祝老三雖是粗人，說話那種熱乎口氣，簡直就有四海一家，走哪吃哪兒的那種味道，百家姓沒有第二本，誰也不能安排他不是，他更得意洋洋的舉起酒盞來，滿斟一盅不花錢的壽酒，敬壽星翁說：

「來，二大爺，我敬您老人家一盅，祝您腹無東海，瘦比西山，萬年永壽，——縮頭享福就是了。」

62 祝老三的趣話

他原想多講幾句吉祥話的，無奈想不起那麼多，就連已經說出口的幾句，也是平素聽來的一鱗半爪，也許有些差誤，不過，說得含糊點兒，一拖而過，誰也聽不出話裏有什麼毛病來，何況這位二大爺年長耳聾，意思到了就成，精不精，一片心，錯也錯不到哪兒去的。

「呵呵，出口成章，有學問，有學問，」二大爺縮著脖子乾了杯說：「到底是出遠門的人物，比咱們丁家老莊的泥腿子老土高明，噯，你剛說，咱們是什麼親來著？我簡直沒記性了。」

「我姓祝（音竹），您姓丁（音釘），」祝老三編個流口兒說：「毛竹（祝）板上釘根釘（丁），連皮帶骨都是親，我姑媽媳婦家的表兄弟的舅子家的姨丈，就是你們丁家表姪媳婦的外公……。」

「不錯不錯，」老頭兒點頭說：「那老頭家跟我家一樣門朝東。」

「照這麼講，咱們還算遠對門呢！」祝老三又湊合說：「我家正巧是門朝西，人說：遠親不如近鄰，近鄰又不如對門，咱們是：又沾親，又對門，熱熱乎乎一家人，還用說嗎?!來，大夥兒乾杯罷。」

同席的一夥泥腿漢子，鄉氣巴巴的，一聽祝老三說得頭頭是道，一個個都來奉承，不是親也是親，不但乾了杯，還熱哄哄的划起拳，鬧起酒來了呢。

祝老三在家就是個歪脖子活酒囊，挺肚皮大飯袋，這傢伙連吃帶喝，也就裝到脖嗓頸兒了，連打嗝都會冒出油來，吃完飯，用舌頭舐舐手枒，放幾個響屁通通氣，這才情非得已的放下杯筷，被請到後屋喝茶去了。

這回真的該轉運了，祝老三心裏想，我原是朝西找賈老虎入夥的，沒想到卻跟這個丁二大爺攀上了親，少不了吃它兩頓，睡它一宿，再找個因由進山裏去。不過這丁家老莊很恨賈老虎，我的心意可不能叫他們看穿。

喝茶的時刻，原先那個人替歪頭祝老三吹噓起來，他指著祝老三說：

「大夥甭瞧咱們這位遠親歪頭䵐腦的，他卻專打老虎，無論真老虎，賈老虎，他都打得。」

「噢，了不得，他連賈老虎全敢打嗎？」另一些人爭說：「真是人不可貌相，海水不可斗量呢！」

「我雖說比不得打虎的武二郎，」祝老三說：「但總比武二他哥武大要強上幾個帽頭兒，何況還有根銃槍在手上，進山伏著等他，不見兔子不撒鷹，看我能不能轟它一個人仰馬翻。」

「你熟悉西山的山路嗎？」一個說。

「噢，這倒要討教討教呢……」

「你打腳下動身朝西走，三彎九拐的，到了一座鎮甸，那兒叫西山集，有牌賭，有酒喝，賈老虎的人，常窩在那邊賭場上，」那人說；「打西山集拐彎朝南走十里，到了十里澗，那邊就是出名的賊窩，賈老虎的手下人，常把人剝光了，扔在深澗裏，叫做下餛飩！」

「好，這個我曉得了。」祝老三說：「但則我還沒見過那賈老虎像什麼樣子，叫我怎麼打他，萬一錯過機會，開銃轟著個四等的毛賊，豈不是白糟蹋了我的一筒火藥？——你們誰見過他來著？」

「我見過，」一個說：「高高的大塊頭兒，扯耳帶鼻子，有一塊隆起的刀疤，你一見面就會認得他。」

「嗯，這就行了！」祝老三說：「他那刀疤也許正在發癢呢！我今晚在二大爺這兒好生歇一宿，明早就進山去找他。」他伸伸腿，打了一個呵欠，把肩膀上的小包袱、單刀和銃槍取下來，靠在一邊的牆角上。

忽然，他楞住了。

那邊的房門簾兒一掀，露出一個油頭粉臉的年輕婦道人的臉來，彷彿認識他似的，盯著他上上下下的瞧了又瞧，這個小女人生得水花白嫩，眉眼動處，真令祝老三有些靈魂出竅。真箇兒的，我祝老三有生以來還沒見過這等標緻迷人的小娘們呢！

「出來見見客罷，」老頭兒看見了，說：「又是遠親，還又是對面，翻過幾十里荒坡拜壽來的，說起來都不是外人。」那小娘們出來之後，二大爺又轉朝祝老三說：「這是我的二女兒，去年出閣了，也是今早上才跟她丈夫回家來的。」

「在路上，遇著了生瘟害汗病的死強盜，」那小娘們說：「打後面掄起棍來，劈頭打了他一棍，驢受驚把我顛落下來，那死鬼強盜搶了我的包袱，牽了我的驢走了！天殺的，就該遭報應了！」

「幸虧那強盜不是我，」祝老三說：「要不然，真該遭報應的。」他這樣說著，心全掉到肛門下面去了。

「快出來認認罷，」她轉臉一叫，一個使花布紮著腦袋的後生，手捧著祝老三剛剛送的壽禮——那隻藍布包袱，虎的跳出來了。

「好啦，你這鬼強盜，還能賴得掉嗎？」他把那隻包袱抖在祝老三的面前，指著他說：「你自己瞧瞧證物罷，悶棍不是你打的，我老婆的包袱怎會到你手上？」

「你還有臉跑到這兒來騙吃騙喝？」女的又說：「天有眼，讓你在這兒現世，包袱有了，你牽了我們的驢呢？驢叫你牽到哪兒去了？」

「好哇，弄了半天，原來你是打悶棍的賊！」

「花言巧語，準是賈老虎差來臥底的。」

66 祝老三的趣話

這些鄉巴巴的傢伙熱起來很快，冷起來可更快，轉臉就不認人啦，歪頭祝老三心裏叫苦不迭，暗罵說：

「斜眼胡老二呀，胡老二，老子頭上捱你一棍還沒消腫呢，你這要人命的包袱又鬧出漏子來啦，你它娘騎羞毛驢去逍遙，我祝老三陷在這兒，拔不動腿，看光景，跑不了又得挨上一頓啦！」

他左瞧瞧，右瞧瞧，兩隻胳膊叫人給抄住了，兩個粗手大腳的漢子拖著他膀子使勁朝後擰，擰得他咬著牙說不出一個字來。

這一頓他本來不該挨的。

「好，胡老二你這雜種，只當是打你的罷！」

不過，這一回丁家老莊的人手下留情，好像不願意把斜眼胡老二得罪了似的，並沒正正式式的打，只把祝老三拖到院子裏，胡亂的賞給他一頓拳腳，打得他肚裏的存屁出盡，就被那好心的二大爺拉開了。

「今兒算看我生日的面上，先放過他罷。」二大爺說：「一頓把他打死了，多不吉利。」

「好罷，二大爺，咱們先問問他，爲什麼要打您二女婿的悶棍？」一個說。

「還有，那匹毛驢也該追回來……」

沒等旁人問話，祝老三就吐出一顆帶血的牙齒哭說：

「二大爺，我哪兒是打悶棍的賊？……我腦袋上，跟您那女婿一樣，也挨那傢伙敲了一黑棍，腫還沒消呢！這包裹，是那賊扔掉，叫我撿著的。」

丁二大爺再一瞅祝老三的後腦勺，就信了，跺腳說：

「嗨呀，你這個人，既不是你幹的，你怎不早講呢，早講就不會白挨這一頓了。」

「你問那些揍人的，問他們容沒容我張嘴罷？我吃了你們一頓飯，卻貼上兩顆大門牙，這本賬，倒是怎麼算法呀？」

當然，祝老三的算盤沒撥歪，丁家老莊這門遠親是認定了，依舊靠那兩顆被打掉的門牙，他賴在二大爺家裏，睡著吃了三天，他走的時候，二大爺還送他一袋烙餅。

他離開丁家老莊，到西山鎮去。

西山鎮要比平原上的集鎮還熱鬧些，這可是歪頭祝老三沒想得到的。

自從單身一個人走道兒受了這麼多的冤氣，使他覺得只有先找到賈老虎，投幫入夥才是辦法，不過，他身上還帶得有些錢，假若不在西山鎮上盡興樂一樂，那就不夠意味了。

找家客棧住下來，當晚他就坐在茶館裏的賭台子上，跟一大夥人生臉不熟的傢伙推起牌九來。要說祝老三對於賭字不精，那些傢伙比他還差勁得多，除了張嘴窮吆喝，連祝老

68 祝老三的趣話

三一共偷過幾張牌都不曉得，何況祝老三在偷牌換點兒之外，順便動點兒小手腳，略爲拏了一點點，表示他是個不會「忘本」的人。

「乖傢伙，你老哥門檻兒蠻精的，」一個老幾帶有點兒醋味說：「面前的銀洋越疊越高，……有鬼在暗地裏幫你接錢過去，操它的！」

「財神老爺跟我把兄弟。」祝老三說：「我哪還稀罕鬼幫忙？」

「有句話，我得說在前頭，——在這一帶地方，錢多未必是福，賈老虎要是看中了你，怎麼辦？」那人的唇角帶些調侃的意味，在馬燈光底下，嘴角的線條顯得格外的分明。

「有什麼怎麼辦？招我做女婿。」祝老三咧開嘴角笑笑說：「歪頭歪腦，銀子不少，我祝老三，天生就是一付做女婿的好材料！」

「可惜那賈老虎沒有閨女，你這歪頭矮鬼，想做女婿也做不成。只好下十里澗，做一隻沒捏端正的餛飩。」

「笑話。」祝老三摟摟他的銃槍說：「就憑這支槍，他請我去幹三等強盜，只怕我還不願意呢，沒有兩下子，七里鎮的羅大成會擺酒請我？」

祝老三這幾句大話，算是請了閻王來壓小鬼，把那幾個都嚇得夾著尾巴溜掉了。賈老虎這股子人，雖說在西山一帶有點兒名頭，比起羅大成來，還差兩個肩膀，一說是羅大成擺酒請過的客人，他們哪兒還敢幫邊？有人已經回十里澗跟他們的頭兒賈老虎報信去啦。

而祝老三的手風很順，連著贏了滿滿一袋子洋錢。

當初離家時，把老婆兒子拜託小錫匠大哥代養活，雖說彼此是磕過響頭，折過鞋底的把兄弟，老花費人家也不成話，趁如今手風順，積下了這些錢，花也不能一下子都花盡了，多少得留點兒壓袋子，日後好捎回家去，好爭它一口氣，當初自家說過，混不出名堂不回家，恁情死在外鄉的。

慢點慢點，我祝老三哪天有過這多錢的？有錢不花才是天下第一傻蛋呢！……日後投幫入夥，有人有槍，難道還愁積不了錢？要省也不該在現在省呀！

只要想花錢，偌大的西山鎮還怕沒有花錢的地方？

二天晚上，祝老三的床上，就多了一個雌貨。

這雌貨跟著拉縴的茶房進屋時，忸忸怩怩的低著頭，真它娘有幾分像是羞人答答的大閨女，渾身上下一片豆綠色，露出來的手跟脖頸比映得格外的白嫩，祝老三一眼就看中了。

比七里鎮那個紅襖娘們更好得多。當然，這還是看在眼裏的想法，等到嚐過了，才知道她的滋味，更勝過鹽水洗白了的新鮮蝦仁。——把白花花的銀洋留給老家那個乾癟癟的黃臉婆子，那才是一等一的傻蛋呢。

70 祝老三的趣話

「叫什麼花名兒來著？」

「七歲紅。」女人抹著祝老三留在她臉頰上的口涎。

祝老三掐指算一算，它娘的七歲紅，七歲就紅，想來自有她撩人的地方，那時晾晒她，絕沒有今天這樣豐腴罷？我祝老三雖沒擷著黃花一朵，啖的卻是熟透的紅果兒呢。

「七歲紅，這名字爛乎乎的，不好聽。」

「你可有更好的？」女人在被窩裏說。

「叫它娘萬年青罷！」祝老三說。

看著銀洋的面子，那穿綠襖的雌貨立刻就萬年青起來了，祝老三贏錢雖很容易，花出去可精細得很，一分一寸都用在適當的地方，彷彿唯有那樣，才推得開留在他感覺裏的霉氣，添一份虛無飄緲的吉祥。

「萬年青，妳這小婊子，妳要是我祝三的老婆，那該多好。」

「是嗎？」雌貨笑得在床上滾：「什麼好不好？如今難道不是，我不知這跟那，有什麼不一樣。」

有什麼不一樣呢？歪頭祝老三日夜黏在床榻上，當然算計不出有什麼不一樣。他袋裏的銀洋，一塊塊長了翅膀，飛過纏綿淫冶的黑夜和有情有趣的白天，都落到女人的手裏去了，他是被弄鬆了的螺絲，兩眼深陷下去，外加一圈兒青黑，那個歪歪的腦袋，萎頓得連脖子都掛不住它了，唯其萬年青不是他老婆，他才有意猶未盡的依依。

「萬年青，我娶了妳罷！」他懇求說。

「我說過，歪頭大爺，——我打七歲起，就已經嫁了的。今年我廿三，還談『嫁』嗎？」女人笑得抖抖的：「你要的，他要的，全都在這兒，我沒收起一星半點呀！我嫁的是錢。」

「那我包了妳罷！」

「錢。」女人伸開五個手指說。

「又是錢！」

「當然。」

歪頭祝老三抓抓頭皮，他知道他沒法子跟她談旁的，七歲，八歲……年年都有人跟她談過，要是有辦法，這些話也攤不著他來講了！只是錢溜得太快些，滿滿一袋子，撐不了多少天。

「好罷！等我去贏了來。」歪頭祝老三說。

爲了萬年青，他不得不暫時離開床榻，夜夜坐到賭台上，誰知那個一向跟他密契的財神爺另交了新朋友，他開頭是輸錢，後來是撈本，癩蛤蟆掏井，越掏越深，等他輸得連偷牌也偷不出好點子來的時候，萬年青又變成望之儼然的七歲紅，鎖起她的褲帶了。

這種寡情薄義的女人。

賭字訣兒掐了不靈光，歪頭祝老三不得不把腦筋轉到他那老行當——劫財上去，西山鎮不少有油水的人家，但是這兒民風強悍，人人有槍有銃，鎮角矗立著防匪的碉樓，旁的不說，連賈老虎那股人跟這兒也是井水不犯河水，好像互有默契，憑自己這支破火銃，想在鎮上做案，那才是自找霉倒。

他仔細算計過，他固然想去找賈老虎入夥，但更戀著西山鎮的這個雌貨，若不長期把她包定，任由她跟旁人去萬紫千紅，著實有些不甘心！

我何不先拐頭朝北，在那邊轉些日子？也許會像前幾天那樣手風順，混出個小小的局面來，先把萬年青敲定了，回頭再找賈老虎，那時候，頭等強盜不幹，好歹也有個小頭目好幹罷？

好在歪頭祝老三的全付家當都在他的肩膀上，早上說聲走，晚上就到了一個新的地方。

西山鎮朝北去，是一塊群山環抱的高原地，地上的人頭少，路邊的石頭多，好不容易才能在樹叢裏遇上一兩座只有三五戶人家的孤莊子，茅草屋頂，卵石矮牆，屋面壓著防風石塊，像是啃不動的地瓜。無怪賈老虎他們不來這邊，這兒的人家，全它娘的有窮神護駕。

歪頭祝老三在人煙稀少的荒路上，逛逛盪盪的像個日遊神，這邊撒了一泡溺，那邊拉了泡屎，直到太陽啣山，這才遇上一個看來還能榨出些油來的莊子。

他心念一動，兜著那村子轉了半個圈兒。

這村落的房舍雖也很矮，但寬寬闊闊的砌得還算整齊，照煙囪數算，最多也不過七八戶人家，前面是一片平坦的打麥場，場東有口石井，井崖邊蹲著幾個婦道人，在搓洗衣裳什麼的，場西有座石碾，碾盤上坐著個白鬍老頭兒，面前圍了一些小把戲（即小孩子），一個個全神貫注的仰著臉，在聽那老頭兒講古。

總之，他看出一點兒奇怪的情形，——這村子上出來進去的人，沒有一個是年輕力壯的，只有老頭兒、婦女和孩子。

假如我要在這個地方動手做案子，倒是個好主意，莫說手裏還有單刀和火銃，就是空手行劫，這些人也奈何不得我的，孩子膽子小，婦道人好欺侮，老頭兒就是有心奈何我，也是爬不動挪不動，心有餘力不足了罷？……這樣一想，立刻就心寬膽壯起來。

「就趁著天沒落黑，先進村去探探路罷。」

他一跛一拐的揹著槍進村，剛走過石井崖，那些婦道人看見，就大驚小怪的交頭接耳議論起來，有一個穿著藍布衫褲的老嫂兒，壯著膽子跟他說：

「你這人，怎麼冒冒失失闖進村裏來？又揹刀帶銃槍，千萬莫要嚇著了我們的孩子。」

「對不住，老嫂子，……哎喲，你們的狗。」

正當歪頭祝老三跟那老嫂兒說話的時候，兩條寶刀沒老、狗牙猶在的褪毛老狗，嗅著了生人味道，打碾盤下面竄了出來，兵分二路，齊齊的從祝老三背後撲過來，各咬住祝老三的一條褲腿，同心合力朝下扯，嚇得祝老三忙不迭的護住腰眼，怕把褲子扯落，出了洋相。

老嫂子一看老狗欺生不成話，揮著搗衣棒槌來打狗，一棒打下去，狗沒打著，卻打在祝老三的小腿肚子上，祝老三兩眼一擠，疼得叫了一聲媽，兩腿一軟朝下一蹲，就聽襠下嘩啷一聲響，褲子炸了線，祝老三自覺這樣不成，換個姿勢就跪在那兒啦！

正好對面來了姑嫂倆，十七八歲的小姑是個嫩臉皮兒，哪天遇著過這等的尷尬事：一個歪頭男人揹著槍刀，迎面跪下來，衝著自己喊媽？一羞一嚇，急忙扭過頭，搖著辮子就跑；嫂子究竟經過些陣仗，見了罵說：

「剛跑過去的是你姑奶奶，不是你媽！」

不過當她看見祝老三那個樣子時，她啐了一口，也就臉紅心跳的跟著跑開了。倒是那個老嫂兒的眼力差，又有見風流淚的老毛病，沒有介意，反而抱歉說：

「對不住，這位大哥，我揮起棒槌打狗，誰知把你當成狗替身了，一陣疼過去，還能站起來不？」

祝老三有些哭笑不得，——問題不是在挨棍的腿上，但他又不好跟那老嫂兒明說，只好哼唧的磨蹭著。女人拉又不好拉，扯又不好扯，只好轉朝那邊叫：

「老七公！老七公公，您老人家的狗咬了人了！」

說著，她也借機會脫身走掉了。歪頭祝老三這才得空站起身來，傴傴促促的，不知該怎樣掩飾才好。那個被叫做老七公的白鬍老頭撇下孩子，捏著長煙袋桿兒踱過來，嗨嗨笑著賠不是說：

「對不住，過路的老哥，我那兩條老狗，呃，從來不咬正經人的，……但願沒咬著你哪兒才好！」

「還說呢，褲子撕破了不算數，差點把我子孫堂給卸掉。」祝老三曉得白鬍老頭是狗主，就噓叫說：「您要是不賠我的褲子，我就這樣浪裏浪蕩的在你這村上來去，——我沒有褲子換了。」

老七公擠眼再一瞧，一顆獨一無二的門牙都嚇露出來，慌忙叫說：

「不成不成，我一定照賠你的褲子，你老哥千萬不能這樣走動，咱們村上，全都是些婦道人家，你這樣子，太不成體統啦。」

今天運氣不壞，祝老三雖替狗挨了棒槌，卻白撈了一條褲子，其實身上那條並沒被狗咬壞，只是被自己蹲炸了線，只消找根針來縫綴縫綴，照樣還是一條好褲子。這一條，算是向老七公公詐得來的。

穿上老七公公賠來的褲子，歪頭祝老三自覺有一半像是這村上的人了，歪身朝碾盤上一坐，就跟老七公公聊聒起來，

「你揹著槍銃出門，無怪我那老狗會竄上來咬你了！」老七公公嘴上沒明言，眼神裏總閃閃爍爍的帶著些不信任的神氣：「狗眼看人，高低分得很清楚，至少，牠們看你來意不善呢！」

歪頭祝老三聽出這個老七公公話裏有刺，就反詰說：

「您今年多大年紀啦？」

「七十三了！」

「嗯，人到七十三，望見鬼門關。」祝老三說：「您沒聽說：七十三、八十四，閻王不請自己去的俗話嗎？七十三，一大關，您該不會老糊塗了罷？」

「我糊塗？我連光屁股的事情都記得。」老頭兒說。白鬍子氣得抖抖的。

「那，那我說句話，您甭生氣，世上我沒見過替狗護短的人。」祝老三說：「您說狗眼分得高低，看我來意不善，您的意思是：凡是被您的狗咬的，全不是好人囉？」

「八九不離十（實）罷，」老七公公說：「在狗的眼裏，不是沾凶，就是帶邪，你揹

的原是凶器，該不會錯到哪兒去罷？」

「我想，假如濟公和尚到貴莊，您的狗會咬得更兇，那他還算是活佛?!——西天的菩薩同樣是吃狗肉的老祖宗，何況我這個窮打獵的?無怪乎被人家的狗咬破褲子，還叫人拿當賊來看了。」

「你老哥原來只是個打獵的?」老頭兒說：「那我疑心就疑錯了。」

「這也不怪您，」祝老三說：「只怪您那狗眼不濟事，把人給看矮了。」

太陽已經落下山，天色轉暗了，好些巨大的山蝙蝠，在黃昏欲去的光裏飛舞著，祝老三抬頭看看天色，用話探問老七公公說：

「這莊子，說小也不算小，我一路走過來，你們這兒該算最整齊的。怎麼有些兒陰氣?好像沒見著一個年輕力壯的男人。」

「這你就不懂了，」老七公公說：「把男子漢留在山窩裏扛石頭能發家嗎?年輕力壯的，全到外頭經商去啦，要不然，老劉家莊會有這個樣兒?像我這樣老年人、婦道人和孩子，都只是留下來守莊子看門戶的罷了。」

「其實，莊上多少總該留幾個得力的漢子的，」祝老三又說：「不怕一萬，只怕萬一，老爹，我是說：萬一來了個歹人什麼的，你們怎樣防他?單靠你養的那兩條褪毛老狗嗎?」

78 祝老三的趣話

「這一帶一向很平靜，」老七公公說：「絕少鬧過土匪強盜什麼的，西邊有個賈老虎，他有個妹妹就嫁在這莊上，是我姪媳婦，你想想，誰敢來這兒動手腳？老劉家莊算是掛在虎鬚上，其實，他妹子跟他早就清是清，濁是濁的斷絕往來啦。」

歪頭祝老三吸了一口氣，又安心的吐了出來，幸虧斷絕往來，要不然，我真不願意開罪未來的靠山呢。該問的，全問了，他告辭了老七公公，經過那村前的打麥場，又挨家逐戶的仔細看了一番。最後，他選定了一家作爲他夜晚偷竊的地方。——按黑話說，是個村梢上落單的孤戶人家。

這家靠在村梢上，跟旁的村舍隔了一小段空地，兩旁和屋後全是灌木林，極適藏身，屋基上是棟三合頭的房子，前面有道石砌的院牆，高度還擋不得人頭，最方便的是：這家只有姑嫂兩人在拐著一盤小磨，沒見有旁的人，連會咬空的狗都沒養一條。

黃昏光越來越黯淡了，紫幽幽的裹住一片朦朧，那盤小石磨架在院牆外邊的屋基上，沿牆開著一溜兒鮮豔的拐磨花，——無數朵小小的紅喇叭。

歪頭祝老三認得這姑嫂兩個，就是剛才在石井崖那兒遇著的，剛剛沒能看得清，這回可仔細的看了。

做嫂子的穿著豔色的粉紅襖兒，不高不矮，不胖不瘦的身材，臉和手白膩得像是羊脂玉，旁的地方雖沒見著，也可想而知了。

小姑呢，又小巧又輕盈，小圓臉紅塗塗的，尖尖的手指嫩得像新剝的蔥白，不笑也有笑的溫柔。

兩人共拐著那盤小石磨，嫂子撐盤，小姑拐，小腰一扭一扭的，屁股一兜一兜的，一面拐著，一面說笑著，真它娘說多迷人有多迷人！歪頭祝老三站住腳，原打算看看就走的，誰知一看就走不動了，好像吃定身咒咒釘在那兒，再也拔不起腳來啦！

我它娘還是打算弄幾個錢呢？還是打算弄到這兩個人呢？……弄一個呢？還是兩個都弄呢？當然，按照他心裏最如意的算盤，不但想人財兩得，還貪著一箭雙鵰呢。

這就先過去閒搭訕幾句罷。

「對不住，小嫂子，」他走過去，相隔幾步地說：「我是過路打獵的，走到這莊上，天黑了。肚裏又餓，身上又單薄……」

小姑努努嘴，把拐磨撐兒停住，嫂子抓著水舀兒，回過頭來看看他說：

「你不是在石井崖叫狗咬的那個嗎？你要什麼？」

「我、我想討碗飯香香嘴，燙燙心，」祝老三說：「要是能有個避風的屋角我躺一宿，那、那就更好啦。」

「他討吃食，還借宿，」小姑說。

「稀飯是有。」嫂子說：「要吃，你得等著，等我們拐完磨，下鍋煮，煮稠了，端一小盆來你吃，要餅也有，只是冷的。借宿可不成，我們家沒男子漢在，不方便，你揹刀帶銃的，我見了就害怕。」

「我們這莊上，沒有人家好留宿。」小姑說：「要睡，你睡草堆腳。」

「風呼呼的，我害冷。」祝老三見天黑無人，話頭兒就有些油滑起來：「害冷怎辦？小姑娘。」

「摟條狗就不冷了，一條狗抵得過兩床被。」嫂子很大方的說：「早先小長工就是這麼睡法的，牛棚頂上有床有被他還不睡呢。」

「暖是暖了，我卻嫌那股狗腥味，」祝老三說：「又毛茸茸刺戳戳的……妳那當家的，在家摟妳摟慣了，出門在外，難道也摟得慣狗？」

「你這人，說話怎麼這樣不三不四的？」做嫂子的變了臉說：「你愛怎麼睡，就怎麼睡！我們家不留宿！」又轉朝小姑說：「妳去廚房摸塊餅給他，我們關門進屋，不跟他多講。」

歪頭祝老三得著一塊冷餅之後，她們果真拎著拐妥的麥糊兒，關門進屋去了。雖說幾句油言弄沒了一餐熱稀飯，歪頭祝老三並不懊悔，他揣著冷餅，走沒多遠，就鑽進灌木叢裏，一面咬著餅，一面想著夜深人靜時，如何撬門進屋，那嫂子的脾氣真夠刺激，挨她幾句話頭兒，好像吃了幾隻辣椒，不知在床，她又怎麼樣？

他這樣想著，想著，一點兒睡意都沒有了。

早先聽說書的說過老古日子，有些黑道上的採花賊，飛簷走壁用迷香，我祝老三可惜不會這一套，勢必要用單刀把門給撬開，她們醒著……醒著會叫喊怎麼辦呢？那嫂子是個辣椒型的女人，也許真會發潑叫嚷起來的！

嗯，這倒有點兒棘手！

不，不會的，她是嚐過男人滋味的過來人，丈夫常年在外把她給曠著，吃不得一軟一硬，連哄帶嚇唬，包管她也就順水推舟就範了！

那麼，小姑呢？

小姑似乎好辦得多。人說閨女犯猛，端平火銃一嚇唬，準會暈倒在那兒，搖醒她跟她說：不准聲張，要不然，就把妳嫂子抹掉脖頸！看她敢是不敢？

這些全都想通了之後，黑裏浮上來一張軟軟的床，爬上床，就飄飄飄飄的，像它娘鑽進天雲眼裏去啦。轉眼到了三更天，蟲聲唧唧的，涼月光像一汪清水似的照著，歪頭祝老三爬起身來，一步一步的，從夢境走向真實。

順順當當的翻過院牆，三面屋，六個窗，都黑洞洞不透一絲燈火亮，一時也弄不清嫂子睡哪間？小姑睡哪間？

祝老三想起個辦法來。

天井當中，有道照壁兒牆，牆前半埋著一口大水缸，半扇缸蓋兒上有隻黃瓢，祝老三走過去，抄起黃瓢來，在缸沿上吉裏骨碌的半敲半滾，發出很怪異的聲音。

過不一會兒，一絲燈光亮起在後正屋的東窗上，就聽小姑睡意猶濃的聲音，說：

「嫂子，嫂子，妳聽聽，外頭是什麼聲音？」

嫂子聽了聽，忽然想起什麼來說：

「妳臨睡，把雞窩門關好了沒？——好像是鬼黃狼子想拖雞呢！」

祝老三把黃瓢停下，果然發出雞群嘀咕的聲音。

「不妙，嫂子，」小姑沉不住氣，慌亂的說：「敢情我沒把雞窩門關嚴，黃狼子扁著身鑽進雞窩裏去了！妳聽，雞在發驚呢。」

「妳披著衣裳看看去罷。」嫂子說：「進是進來了，還沒動手。」

「我……我不敢。」小姑。

「怕什麼？涼月亮堂堂的，我去，妳在後掌燈。」

祝老三一聽，又緊張可又樂哉，我正愁怕撬不開門，又怕兩人睡在兩下裏，一時顧不著，溜掉一個，狼喊鬼叫的把事給鬨開呢！……這好，姑嫂倆原來睡在一間屋，如今又一道兒開門，好像來接我似的，簡直用不著再費什麼手腳了。

聽到拔門閂的聲音，歪頭祝老三就一個虎跳竄出去，手端著火銃當門站，正好那嫂子把門給拉開，祝老三的銃口就抵在她胸前。

「敢情妳還認得我？……不三不四走了的，不五不六又回來了！」

「唷，死鬼，駭死人的。」嫂子不但沒怕，反而吱吱呱呱的笑起來：「敢情再要找塊餅啃？都吊在灶屋的柳籃裏，要拿你自己去拿！」

「要吃稀飯也有，」小姑雖裝得很平靜，低低的嫩嗓子卻有些微微的抖：「在鍋裏，還溫著。」

祝老三朝前伸伸胳膊，嫂子退進屋，差點撞在小姑的身上，祝老三使腳把門給撥掩了起來。

「吃還在其次，我身上不方便，打算跟妳們通融通融，有了就拿來，甭窮磨蹭。」

「要錢，我連一個子兒也沒有，地瓜胡蘿蔔倒有半窖子，」嫂子說：「要人，人在這兒！」

「有了人，還怕沒錢，」祝老三說：「香香噴噴的熱棉被，咱們三個一頭睡。」

「用不著扯上她，」嫂子說：「也用不著兇神惡煞似的，拿槍頂著我，你要這樣，一銃轟死我還好些。瞧你這雙腳丫子，泥塗塗臭閧閧的，不洗洗燙燙，休想上我的床，──大妹妳上灶打水來，怎麼，我在這兒當人質，你擔心她會跑掉？」

「我的親親，我信得過妳。」祝老三樂得有些飄飄的，聽口氣，嫂子業已就範了，小姑跑不掉的。

小姑果真沒有跑，轉眼功夫把熱燙的洗腳水給打來了，祝老三端著火銃在凳上坐下來，嫂子又去倒了一盞茶。兩個女的好像全被懾服了，歪頭祝老三簡直又掉回他自己的夢裏去啦。

事情不知是怎樣弄糟了的？祝老三被服侍上床了，小姑卻把他的包裹衣物摸跑了，他光著身子想去抓火銃，嫂子把他摟住壓翻在床上說：

「不著急，讓火藥在洗腳盆裏多泡一會兒罷。」

他這才曉得完蛋了！

但祝老三畢竟是祝老三，是個男人，就算常在陰溝裏翻船罷，也不好這樣窩窩囊囊的栽在兩個女人手裏呀！他拚命的掙扎著。

誰知這小嫂子的力氣大得很，騎在他身上，兩腿像鐵鉗似的鉗住他的腰眼，使他變成落在蜘蛛網上的蒼蠅，越動纏得越緊，……兩人在床上翻來滾去的打了好半晌，歪頭祝老三的力氣用完了，喘息著告饒說：

「妳……妳放了我，來生變驢變馬報答妳，小嫂子，我日後還要混世呢。」

「你這隻瞎了眼的臭王八，」小嫂子罵說：「狼心狗肺的窩囊貨，吃了我的餅，還想人財兩得，老娘當真是好惹的，你沒打聽打聽，賈老虎有幾個妹子？你這一手，還嫩得很呢！」

她說著，扯下條被單來，用兜尿布的手法，把祝老三攔腰紮起來了，在她手裏，祝老三真的變成了嬰孩啦。

「捉賊呀！捉賊呀！」

外面有人敲起銅鑼來，紅紅的火把光在窗櫺上閃跳著，歪頭祝老三知道他栽在誰的手裏之後，連掙扎也不敢再掙扎了。口口聲聲只叫著：

「姑奶奶，太奶奶……」

人聲湧到這邊來，那小嫂子說：

「不要急，這強盜業已叫我捉住啦！」

這一回在女人手底下失風，使歪頭祝老三多了一項極爲奇特的經歷——天亮之後，他的脖子上面拴著一根牛索子，被那小姑牽著，從那家院子裏一路爬了出來，嫂子跟在他後面，手裏攢著一把燒火用的火鉗兒，祝老三在前頭爬，她在後面打，每爬三五步地，屁股上就得捱一下。

小姑把他牽到打麥場上，緩緩繞著場邊轉，活像耍猴戲的耍著一隻光腚大馬猴。來看這場熱鬧的，不光是這一個村莊的人，場邊上圍著不少的人頭。

嫂子是存心要這樣懲罰懲罰他，每打下一火鉗，就要問他一聲，祝老三得乖乖的照實

86 祝老三的趣話

回答，如果對方覺得不滿意，會賞他一記更重的。

問：「你是誰？」

答：「我是獨腳大盜祝老三！」

「大聲點兒說！」嫂子一揚火鉗子，祝老三的屁就嚇出來了，他不得不使出吃奶的力氣，啞著分了叉的老嗓門兒，有氣無力的吼叫說。

「我是獨腳大盜祝老三。」

問：「你怎會在這兒學狗爬？」

答：「我在兩位姑奶奶手上栽了筋斗！」

「我沒聽清。」

祝老三就不得不再說一遍。

早上的山風冷得像冰刀，割著他精赤的身體，他的手掌和膝蓋都爬得痲木了，屁股開了染匠坊，青紫綠白黃各樣顏色都有，少說也捱了百十來下子。

這樣一直爬到他昏厥過去，老七公公才出面放了他。祝老三離開老劉家莊時，火銃和單刀都沒了，仍然只落一個人，一隻已經癟了的包袱。

幸虧是栽在賈老虎他妹子的手裏，要不然，我姓祝的朝後真沒有臉再混了呢，……正因爲對方是賈老虎的妹子，祝老三失意之餘，總算還有些兒安慰。

不過，女人這玩意兒終究是禍水，再也沾惹不得了！他想。

要不是爲了咕咕叫的肚皮，歪頭祝老三就不會出現在號稱賊窩的十里澗了。到了十里澗，反而不覺得它怎樣的恐怖，那只是一座座落在荒山山背上的墟集，也有三幾百戶人家，石塊壘成窯洞似的矮牆，屋頂鋪著山茅草，怕烈風把頂蓋掀翻，又胡亂加壓上一些板條石，深深的十里澗，就在這墟集的背後，誰要從崖頂踢塊石子下澗去，隔半晌，才能聽見底下的水聲……。

懷著到老虎窩裏來的凜懼心情，祝老三揹著他的小包袱，一路縮著脖子走，奇怪的是：這墟集並不像賊窩，滿街不見揹刀帶銃、兇眉怒目的男人，當街也有不少店面，開店的不是女人就是孩子。

他經過幾家吃食鋪子，鼻子一嗅著油香味，肚皮就痙攣起來，兩條疲倦不堪的腿跟著打軟，連半步也捱不動啦，明知強盜窩裏的人不好打發，訛吃騙喝，弄得不好能把小命玩掉，只好硬著頭皮，先吃了再講罷！

「噯，過路的客人，這邊來坐，」眼前店鋪裏，有個七分不像女人的女人，一樣搽粉戴花，手抓著煽火的芭蕉扇兒，衝著他笑出一口老黃牙說：「十里澗的活鯉魚，土釀的老酒，山狸子肉，包子饅頭都有。」

黑店，敢情是。這婆娘簡直是吊死鬼托生的。祝老三兩眼溜溜的，心裏咚咚的打鼓，但還是軟軟的踏進去了。……黑店，早先聽唱小書的屢次唱過，這種開黑店的女掌櫃，可不就是十字坡的母夜叉孫二娘，把人沖洗了，來個頭是頭腳是腳的大分家?!好像比陰朝地府的閻王爺還兇一等。管它呢，想當初我離家時，跟我那錫匠大哥怎麼說的來？——不混抖了，決不回家，如今混到這步田地，好歹活不成了，與其餓死在路邊上，不如塡飽肚皮，死也做個飽死鬼罷！

「客人，要點些什麼？」

祝老三橫了心之後，反而不怕了，兩手分撐桌角，大模大樣的說：

「有吃的，都給我端一盤上來，吃完了，我好去找賈老虎。」

女人用嘴角把一臉的笑容裏了一裏，這才拿正眼把祝老三看了一番。

「您是打哪兒來？找賈大爺有事？」女人說。

「嗨，不能提了！」祝老三苦著臉說：「我是在劉家老莊上，叫人打出來的……賈老虎要是公老虎，他妹子活脫就是母老虎，前天夜晚，從床上打我打到床下，不是老七公公出面求她，我還有命嗎？」

女人一聽，重新換上一付嶄新的笑臉，哦了一聲說：

「哎喲，我當是誰呢，敢情是老劉家莊來的大姑老爺，怎麼，夫妻倆鬥了氣了？」

歪頭祝老三一聽，不由怔了一怔，這女人準是會錯了意，因而表錯了情，自己要是不認賬罷，她酒裏準下蒙汗藥，要是認賬罷，趕後來見了賈老虎，這冒充姑老爺的罪名可不是容易擔當的，賈老虎只消把眼一瞪，自己可不就成了十里澗裏的餛飩?!既然這樣，話頭兒最好搭在兩可之間，給他來一本算不清的混賬罷。

打定主意，眼珠轉了幾轉說：

「甭提做姑老爺了，如今，我見著她的影子全駭怕得打抖呢！火鉗子打我的光屁股，一抽一條痕子，我哪是什麼姑老爺？是馬戲班裏的猴子。」

對方腳底下像揣碓似的，忙著把酒菜張羅上來，扯開肥厚的嘴唇勸說：

「甭爲這個認眞了，大姑老爺，人說：公打婆不羞，父打子不羞，小夫妻打架倆不羞，又說：床頭打架床尾和，你就是來找她哥，我看啦，賈大爺拿他那妹子也是毫沒辦法，……這你該是知道的。」

酒菜一端上來，莫說這個醜女人，只怕他連他的丈母娘也不認了，歪頭祝老三捉著個包子，一傢伙就塞在嘴裏，嗯嗯啊啊全用的是鼻子，直到半盤包子一碟肉下肚，他才騰出嘴來說：

「大嫂，我出門沒帶錢，飯賬妳替我記在賈老虎頭上罷。」

「說哪兒話？」女人說：「您無事不來十里澗，招待還怕招待不著呢，不嫌粗茶淡飯，您自多用些，吃罷後，我要孩子備牲口，送您到大爺那邊去。」

有了這番話、祝老三是小雞吃米——有了膝（數）了，天也許會塌將下來，這餐白飯算是篤定吃成啦！先把轆轆飢腸打了個底子，他可消停的喝起酒來，人生在世一台戲，混充賈老虎的妹婿白吃吃到十里澗來，連這一方的山神土地也沒算得到罷？

初初白吃時。祝老三勇氣百倍，等到三杯落肚，再仔細想想，這個假姑老爺能騙得過店家，無論如何也騙不過賈老虎的，餓罪好受，死罪難當，這不是在喝絕命酒，吃倒頭飯嗎？事到如今，懊悔也來不及了，乾脆，要喝就喝它個大醉，迷里馬糊，等到閻王殿還來它個宿酒沒醒討醋喝，去它娘的。

酒是喝夠了程度了，究竟怎樣離開那座飯鋪的？祝老三已經完全記不得了！毛病出在那匹很不老實的騾子身上，一路上栽了他不知幾個筋斗，等到再睜開眼，光景已到了閻羅殿，牛皮大椅上面，坐的不知是哪一殿的閻王？

「這個百家姓外面的混賬東西，便宜撿到我的頭上來了?!」祝老三聽得座上罵說：「替我扔進十里澗餵蝦去，腿上拴塊大點的石頭。」

祝老三想動，這才知道業已叫捆結實啦。

「大……老爺，容小的說句話，再…再扔…不遲。」他哼哼唧唧的哀求說。

「嘿嘿，你還知道怕死？」座上說：「剛剛摑了你幾十個嘴巴，你全不開口。」

祝老三一想，酒這玩意兒硬是一帖護身符。幾十個嘴巴子已經據說是挨過了，自己竟然分毫沒覺著，足見挨揍的是酒，不是我祝老三。

他在開口說話之前，先偷眼朝四邊打量著；這是一座富麗的大廳房，兩邊點燃著兩盞柳斗大的落地燈籠，沿牆是嵌著兩排白雲母的交椅和金漆茶几，正中條案上方的牆壁上懸掛著巨幅中堂，邊上交叉著彎刀，釘壓著一張大得駭人的虎皮，其餘的條屏字幅，盆栽點綴，那可就不必說了。……端坐在上首牛皮椅上的，敢情就是賈老虎，白白淨淨的臉膛兒，扯眉帶耳，有一塊隆起的刀疤，兩邊沒人落坐，他身後倒站著四五個拳大胳膊粗的漢子，一個個橫眉怒目，好像要等著收拾誰似的。

「大老爺，」歪頭祝老三說話了：「小的祝老三，是專誠投靠大老爺您來的，人生路不熟，原應朝西來十里澗，誰知竟拐到老劉家莊去了。」

「廢話，我問你，爲什麼要混充大姑老爺？」

「跟大老爺回，我有斗膽也不敢混充大姑老爺，」祝老三說：「小的去到老劉家莊，在村梢問起您賈大老爺，一個小嫂子問我找賈大爺什麼事？我說打算投幫入夥！……那小嫂子和一個姑娘留下了我，給我餅和稀飯吃，要我在灶房摟著狗睡，睡到三更半夜裏，我叫一火鉗子打醒，發現我的衣裳、火銃和單刀，全叫人拿走了，她們把我從灶房朝外打，又吆喝全村的人，把我踢打得渾身都是傷，……後來問起，才知那就是大姑娘。」

「呵呵，原來是這等的。」賈老虎笑說：「找我，你找到她的門上去，挨一頓打還算便宜的！……來人，把他的綁給鬆掉。」

「大姑娘她那種脾氣，著實辣得很，」綁鬆開之後，祝老三抱怨說：「她這一頓打不要緊，又收去我的火銃和單刀，把我三等的名目給弄掉啦。」

「不要緊，你起來。」賈老虎挺著肚皮說：「到我這兒來投幫入夥，我得看能耐定名目，你先下去歇著養傷，等到傷養好，我得考考你，看你是什麼樣的料？然後再給你差使。」

賈老虎一揮手，就有人把歪頭祝老三帶下去了。外頭風呼呼的，四周全是林嘯，天色很黯，疏疏的幾粒芒星在雲縫裏眨眼。祝老三只覺得賈老虎家的宅子大得出奇，重重疊疊的全是瓦房，亭台樓閣，假山圓門都有，一點兒也不像盜魁住的地方，倒像是大戶人家的宅第。

一個漢子領他穿過一道跨院，又曲曲折折走了一截路。恍惚業已出了那座宅院，靠近馬棚子，有一排石牆矮屋，小窗洞裏還透著燈火亮。

「夥計，」那漢子拍拍他說：「燈亮的那間屋，早幾天，也來了個新投幫入夥的，裏頭有草鋪，你就去那邊睏好了！……每天聽著敲鐘，就去前屋吃飯，閒時替我守在屋裏，聽大老爺的傳喚。」

歪頭祝老三衝著那漢子遠去的背影，安心的噓了一口氣，有三分安慰，也夾著一分酸辛。回想初踏出家門時，志在千里，誰知一入江湖，還沒經大風大浪呢，就已經被磨脫了幾層皮，要不是臨危時逢凶化吉，這付臭皮囊，還不知肥了哪一灘野草？幾次變故驚破人膽，想當獨腳強盜的美夢也碎了它的娘啦！如今總算暫時找到一塊屋脊蓋兒，權且擋一擋有風有雨的天，管它三等也罷，四等也罷，橫直跟著老虎有肉吃，待下來再講罷。

他推門進屋時，發現草鋪上有個人在躺著，原來那傢伙就是打了他一黑棍的斜眼胡老二，正巧，胡老二抬眼也看見了來的是他，兩個人全都怔了一怔。

「小子，咱們是仇人見面，」祝老三說：「我以爲你飛上了天呢！」

「巧咧，」胡老二吱吱大門牙，笑得像抽了筋似的：「這叫不是冤家不聚頭，咱們不但碰面，還得在一個被窩筒裏通腿睡覺哪！」

「你到底欠我一黑棍。」祝老三說。

「足見我出手有分寸，」胡老二人情兮兮的說：「棍下留情，你老哥才能活著跟我說話，要不然，哪還會有你，只怕早就爛在那兒去啦。」

祝老三想一想，似乎也它娘有點道理，就說：

「這一來，好像我還承你老哥的情了？」

「算了！」胡老二說：「俗說：一個被窩筒裏不睡兩樣的人，過去的那點兒雞毛蒜皮，還提它幹什麼?!咱們如今是難兄難弟，全來到這兒，等著舐賈老虎的油屁股眼兒，一本賬從頭寫起罷。」

「你的那匹毛驢呢？」祝老三說。

「二天就賣掉換酒喝了。」胡老二斜眼瞅著祝老三說：「你的單刀跟火銃呢？」

「送給賈老虎他妹子做見面禮去啦！」祝老三搖頭苦笑說：「要不然我還不會到這兒來，找你通腿呢。」

「嘿嘿嘿，」胡老二笑聲有些像喝多了油：「我說，二哥，這它娘真叫『歪頭配斜眼，天下沒處揀』，你甭像木樁似的站著，脫了鞋進被窩來熱乎熱乎罷。趕明兒，不論是橫著量，豎著量，跑不了都是賊封四等。」

祝老三委委屈屈的進了被窩，嘴上沒吭聲，心裏實在有背時的感慨，自己就算不成材，總也比斜眼胡老二這種打黑棍的高強些，到如今反而鑽他的被筒，真是馬尾巴串豆腐，提也不能提了。……委屈歸委屈，卻不能不多跟這邪皮多聊幾句，他總比自己先來，而且知道賈老虎知道得多些，先問明白了，也好學學乖，萬一再弄出岔子來，這裏再待不住，那又到哪兒混去？

「你剛剛見過賈老虎來著？」

斜眼胡老二似乎也有心事，翻來覆去睡不著，倒先問起他來。

「見過了，」祝老三攫著機會誇口說：「是老劉家莊他妹子指點我來的，他還讓我喝了一頓老酒，你呢？」

「我攀不上你那種裙帶關係，」胡老二說：「來了四五天，還冷在這兒，窮啃冷饅乾餅。」

「但則我一點也弄不清賈老虎是什麼樣的人？」祝老三說：「他這宅子離十里澗多遠，門朝哪個方向，我全都摸不清，——我是黑天借牲口趕夜路來的。」

「這兒叫賈家沙莊，離十里澗七里地，」斜眼胡老二說：「三面的大山抱住這一塊平陽地，地上有三條澗溪，雨水豐足，賈家原是這兒的財主，不知怎麼弄的，到賈老虎手上，就幹起這種沒本的營生來了！十里澗那些人家，全是賈老虎佃戶，走黑道的全是另一幫人，賈老虎平素不出門，只是坐地分贓，他的精神，全放在吃喝玩樂這四個字上，這個，我在沒來之前早就打聽過了的。」

「嗯，怨不得他的宅子這樣氣派！」祝老三說：「怎麼看也不像是暴發戶的樣子。不過，你說他平素不出門，怎麼丁家老莊的人說：他親自領著人去打過那座莊子？他獨獨瞧上那莊子吧？」

「他跟丁家有私仇。」胡老二說：「他那臉上的刀疤，就是早年在西山集賭場上，被姓丁的砍出來的，如今他得了勢，當然會找丁家要回他的臉面。」

「噢，是這等的。」

祝老三嘴上沒說，心裏彷彿有了些底了；甭瞧你斜眼胡老二懂得多些，到時候，我雖本領跟你一樣的不濟，總它娘要想法子討好賈老虎，討一份比你神氣的差使，讓你不得不正眼相看就是了。

在賈家沙莊，日子悠悠忽忽的過著，歪頭的日子和斜眼的日子過得全沒兩樣，總而言之，比餓死略爲好一點，說飽不飽，說飢不飢；清早是兩碗轉眼就跟溺跑的稀飯，用醬胡蘿蔔和辣椒水搭嘴，午晚是冷饅乾餅酸菜湯，湯面上哭也哭不出半點油星兒。如果飯食開出來都是一樣，那還沒有可抱怨的，旁的桌面上卻不是這樣兒，大尾的鮮魚，野味，有時還有酒，只有胡老二和祝老三吃那種淡薄的粗茶飯，嘴裏能淡出鳥來。

「老哥，老哥，」祝老三跟那個說：「再這麼熬下去，咱們哥兒倆怕不熬成人乾兒了？」

「甭抱怨，」胡老二凡事都好像多懂些兒：「咱們吃的是不在等內的飯食，你只當是吃齋的罷。等到賈大爺他給咱們分撥了，那就算出了頭啦。」

「是嗎？」祝老三抽口冷氣說：「也許他早把咱們忘到腦後窩去了，要不，怎會沒有一點動靜？」

這樣，少說也熬過個把來月罷，有人交代兩個說：

「明兒大早，大老爺他吩咐你們兩個，到莊後大石坪上去，秤秤你們的料兒，端不端得了這隻飯碗，好歹就看這一遭了。」

「好了！」斜眼胡老二說：「過了這一關，就有肉吃了！」

「看在酒肉的份上，」祝老三說：「我它娘連命也捨得拚上。」他硬有摩拳擦掌的味道。

當晚兩人通腿睡覺時，各人全在做著美夢；胡老二夢見賈老虎要他試槍法，他伸槍就打落一隻飛鳥，賈老虎笑得很開心，誇他是活射手，立即吩咐擺酒，……祝老三夢見賈老虎看他試力氣，他挽起衣袖，看到大石坪前有塊牛腰粗的大石，就指說：

「早先傳聞霸王舉鼎，今天沒鼎可舉，我只好舉舉石頭罷。」

說完話，採了一個騎馬勢，兩手托穩那石塊，雙臂發力，猛的叱喝一聲，就把那塊巨石高高舉托在半空。賈老虎不但笑容收斂，還嚇得直吐舌頭，半晌才說：

「夠了，夠了，簡直是大力星轉世……」

正要去吃賈老虎的酒席，一腳蹬在屁股上把他蹬醒了，雞在外頭像挨刀似的啼著，心裏潮得發慌，口涎把枕面全滴濕了。

「你它娘笑個什麼玩意兒？」胡老二的聲音懵懵的。

「你那腳最好老實點兒！」祝老三說：「我半截身子，全叫你蹬到被窩外頭來了。」

「一場美夢，」那個說：「雞魚肉蛋填了一肚子。」

「酒席剛擺好，我還沒吃就被你踢醒了。」

「天到多早晚啦？」

「雞不是剛剛叫過。」

「夢是心頭想，今兒是咱們在賈老虎面前亮相的日子，我的心總是懸著。」

「單望是個好兆頭，」祝老三半是安慰自己半是安慰別人說：「使咱們的夢不要落空才好，我如今心潮腿軟，一半是飢，一半是怕，嗨，幹個強盜，沒想比封官還難?!早知這樣，我真死賴在家根端瓢討飯不出來了。」

「情虛膽怯也不成，」胡老二說：「咱們到大石坪去等著罷。烏龜爬門檻兒——單看這一翻。」

早霧濛濛的像落一場小雨，東邊沒見魚肚白，兩個人就頂著白霧摸到大石坪上來，在石坪一角的臥石上蹲著，剛離熱被窩，又是個空心肚子，被沁寒的朝霧一侵，人就像被冷龍繞住一樣，索索落落的打抖；好不容易等到日頭翻過山脊，朝霧褪盡了，一群人才像眾星捧月似的，把個賈老虎給捧將出來。

沒人過來傳喚，兩個傢伙你望我，我望你，誰也不敢冒失上去，聳肩呆站在一邊，像兩隻被雨淋了翅膀的公雞。朝陽射在大石坪上，石坪正中，放了一排連號的石擔子和石鎖，兩邊是刀槍架兒，架上放列著各式的兵器，賈老虎揮揮手，跟他的那群漢子，便分成兩列，各自吆吆喝喝的演練起來。

「我說老哥，」祝老三悄悄的跟胡老二說：「原來是要咱們來見學見學的，這倒還罷了。你瞧那邊那個黑大漢，連頭號石鎖，他都能掄得起，真有一把力氣。」祝老三羨慕的說：「我要有他一半力量，也就神氣啦。」

那些人練了好一陣子，賈老虎的眼光才落到他們兩個身上。

「你們兩個過來。」他笑著招手說。

「是，大……大老爺。」

賈老虎一拍巴掌，眾人停了手，退到兩旁站著。

「你，」賈老虎指著斜眼胡老二說：「你叫什麼名字來著？」

胡老二作揖打拱的報上名字，也不知賈老虎聽還是沒聽，就見他微瞇兩眼把胡老二上下一抹，便皺著眉頭說：

「你來這兒投幫入夥，有什麼能耐？」

「不瞞您說，我是打黑棍出生的，」胡老二說：「早先還有些單身的過路客，容我有發利市的機會，如今商客全是結夥上路，我空有棍子，卻餓癟了肚子，只有投奔您，找條生路。」

「嘿，改行不改業，多少還沾點邊兒。」賈老虎說：「打黑棍，靠機智，捻股兒，靠膽量和力氣，多少有些不同，你先掄掄小號石擔子我看看。」

胡老二答應著，過去試掄石擔子，大喊三聲，掄起來一回，但只能把石擔子拎離地面一尺來高，無論如何舉它不起，饒是這樣，把個脖頸也脹紅了。為了爭回面子，他自告奮勇的又要了一趟棍，面既改色，氣又亂喘的退到一邊，結結巴巴的問說：

「大老爺，您看我夠幾等？」

「勉勉強強給個四等罷，」賈老虎說：「這也只是暫時給個名，要等你去打過丁家老莊，試過你的膽子，這隻飯碗你才能端定。——另外一個。」

「小的祝老三在這兒。」

「老二已經萎萎軃軃的了，哪又來個什麼老三？」賈老虎懶洋洋的說：「你又會什麼來著？」

「跟大老爺您一樣，小的只會吃喝玩樂。」

「吃喝玩樂？說得可新鮮，」賈老虎哼說：「在這兒，講起吃喝玩樂，輪著我，可輪不著你。」

「老古人說：獨樂不如眾樂，陪著您樂一樂，您也許更開心些。」祝老三又狐狸起來了：「大老爺您不知我這個人，一向是灶王爺上天，——有一說一，要不是丁家老莊迫得我沒路走，我真還不願意來呢！」

賈老虎照樣瞇眼看看他，忽然大笑說：

「甭瞧你頭歪，你還慣會賣嘴？——論起吃喝玩樂，你跟我比？只怕是戴著斗蓬親嘴，還差一大截兒罷？……好在我身邊差個伺候的，你五官不正，出去也塌我的台，就留在宅裏聽候使喚罷。」

歪頭祝老三做夢也沒想到賈老虎會賞給他這種差使，有他這句話，自己就甭再到處打浪盪了，貼身伺候賈老虎，旁的好處不說，單拿吃飯來講，他論頓的，自己吃膪的，油水就夠多的啦，碰高興，他再賞賜點兒什麼，那總是瞎子算命——好的多，壞的少，至少要比斜眼胡老二那種連財物全分不清的記名四等強盜安逸些兒，……他謝過賈老虎之後，心裏樂得像被封成站殿將軍。

等到伺候過賈老虎，歪頭祝老三這才發現，並不像他所想的那樣有甜頭；賈老虎既不像財主，又不像盜魁，而是一個令人難以捉摸的怪物，有時他是食魔，有時他也會吟詩作畫故作風雅，他對女人的胃口，比他吃東西還大得多。

每天早上，賈老虎喜歡吃的早點，是整整一隻燉得很爛的肘子，連肥夾瘦，總有三四斤重，歪頭祝老三伺候在一邊瞧著他吃，連皮都不曾膹過一口，害得他滿嘴都是貪饞的口涎。

吃完早點，賈老虎喝一杯濃茶，摩摩肚皮，祝老三趕忙替他去備馬，賈老虎騎馬外去蹓躂，祝老三得把他的書房給打掃擦抹乾淨，賈老虎回來把腿一伸，祝老三就得像樹穴裏倒拔蛇似的替他脫靴換鞋，賈老虎晌午睡覺，祝老三得要輕手輕腳的替他用拂子撣逐蒼蠅，至於洗腳、洗尿壺的一應雜活，那就不必說了。

讓一個好吃懶做的人，有得做沒得吃，這滋味可不好受得，何況賈老虎跟一些女人在夜晚飲酒取樂時，祝老三還得伺候在一邊乾發饞呢?!

有天賈老虎吃早點，祝老三在一邊忍不住了，湊合著問說：

「大老爺，您肚裏敢情有口熱鍋？一天能化得了這許多油？像我們這種吸油的草腸子，又當別論了。」

「我是吃葷腥吃慣了。」賈老虎說：「怎麼，你對這肘子有意思？」

「我……我沒生那個命，」祝老三嚥口唾沫說：「我若是每天也有一隻肘子吃，萬歲爺全不想做呢。」

「嗯，好像記得你說過，你跟我一樣，是個專愛吃喝玩樂的，」賈老虎笑說：「我倒忘了考你吃勁啦，你若喜歡吃這個，那容易，明早叫廚上來雙份兒，咱們各吃一份就得了。」

賈老虎的話，一向說了就算，二天早餐，祝老三吃的果然是一隻肥肘，飢渴成餓虎，對付這一大盤肘子不難，他居然有滋有味的把它吞掉了，雖說事後肚皮有些鼓脹，像吞了蛤蟆的蛇，他還能從肛門出氣，打發打發。

第一付肘子容易吃，跟著第二付，祝老三吃得就沒頭一遭那麼有滋味了，跟著第三付，他的嘴角朝下，一臉全是哭相，當著賈老虎的面，他不敢不把它吃下去，但吃下去之後，肚皮發賤，下面放的不是屁，是在淌起油來啦！吃到第四天，祝老三捧著肚皮，愁眉苦臉的哀告說：

「大老爺，不是我一隻筷子吃藕——窮挑眼兒，委實肉多嫌肥，受不了啦。」

「嘿嘿，」賈老虎嘲笑的說：「我說你是賣嘴的，沒錯罷？也只三付蹄膀就把你放倒，這付既然燉好了，你將就點兒，先吃了再講。」

「不成呀，大……老爺，我的草腸子裂縫，朝外漏油呢。」祝老三說：「提不起褲子不好服伺您咧。」

「好罷，」賈老虎說：「我那金漆茶壺裏有濃茶，你先倒兩盅喝下去，敢情就好了，你的生庚八字不好，沒生吃肉的命，朝後還是老實些罷！」

祝老三唯唯諾諾的答應著，心裏卻老大的不甘。他要真是老實人，當初就不會弄到離家出走了，七情六慾打鼻眼窩朝外爬，叫他長久替賈老虎當聽差的下役，哪天熬到出頭年？……

話可又說回來，投靠賈老虎，是自己當初拿的主意，這個地方，來得去不得，要是惹惱了賈老虎這個人王，那只有把事情弄得更糟的。

又捱過一段時候，賈老虎經常騎馬到十里澗的市街上去，他手下的人槍都聚結在那兒，準備去撲打丁家老莊，祝老三得空去找斜眼胡老二，那個興沖沖的告訴他說：

「老哥，這回去撲丁家老莊，說什麼我也得奪它一支槍，我們那頭目說過，有了槍就升等了。……你跟賈老虎好些日子了，爲什麼不向他討個差？攫著機會奪槍去。」

祝老三一想，不錯，奪支槍來升個三等強盜，日後分贓都有一份兒，可又比伺候那個怪物強得多了，看樣子，這個差非討不可。

賈老虎回來之後，祝老三求告他說：

「大老爺，我跟您這許多時了，這回向您討個差，放我去撲打丁家老莊，碰碰運氣去，也許碰得巧，能奪支槍回來，好升我一等。」

「我倒不是存心委屈你，」賈老虎說：「憑你這個料兒，若說明火執杖的硬打硬上，只怕到頭來是稻草人救火——自身難保，你若實在不死心，明晚上人槍移屯西山集，你拎根棍棒跟著去就是了。」

人槍移屯西山集，賈老虎真的放了他，另換一個小廝當聽差的了，祝老三臨行犯了點兒小毛病，在賈老虎枕頭下面摸了幾塊估量著賈老虎不會數的洋錢，以及小小的兩包蝦米。

這回撲打丁家老莊，賈老虎糾聚了好幾十桿洋槍，百十支銃槍，還有些單刀木棒，合計三百多個人頭；他也許以為這一回是篤定泰山了，本人歪身在西山集的客棧裏，召妓侑酒，豪賭達旦聽著消息，任由手底下的人去賣命劫財擄票。祝老三拎著木棍出來，很快就跟斜眼胡老二混在一道兒去了。

一大夥人在傍晚動身，在彎彎繞繞的山路上，要走一夜才能到平地，由平地起腳，又要走半天才能到達丁家老莊。動身時，由二駕（二駕，就是股匪的副首領。）領陣，槍銃隨行，像胡老二、祝老三這等的貨色殿後，開頭倒也浩浩蕩蕩，走著走著就變成零零落落了。

來時正是秋天，祝老三還記得當時自己曾衝著丁家的人老莊誇過口，說是要上山打老虎的，如今轉眼到了隆冬臘月了，不但沒打老虎，反而趴在賈老虎腳前等著露水珠兒吃。去時有刀有銃，回來變成木棒一根，算算賬，自從投奔賈老虎之後，除開吃了三隻蹄膀，拉了幾天稀屎，簡直就一無是處。照這麼看來，獨腳強盜幹不了，投幫入夥也不好，說是回家罷？十年的約期沒到，不能連累錫匠大哥，當初保是他作的。如今是山窮水盡疑無路，不知哪天時來運轉，才能眼見柳暗花明又一村呢?!

想著想著，他嘆起氣來了。

「好好的嘆什麼氣來?」胡老二說：「你怕這回下山，搶不著一支槍?」

「不瞞你說，我是單有酒色財，——缺『氣』了!」祝老三說：「每宗事，事先我都把如意算盤敲得叮噹響，到壓尾，全它娘是雞孵鴨子，——枉費心機。」

「這年頭，像咱們這等人，哪還有長遠算盤好打?」斜眼胡老二說：「叫化子拜堂，——窮湊合罷，我這人，一向是走到哪兒說哪兒話的。」

月亮還沒出，山路暗糊糊的，祝老三腿跛不怨腿跛，倒怨起山路不平來了。

「賈老虎也真怪氣，」他說：「撲打丁家老莊，什麼時辰不好揀?偏揀寒冬臘月裏，……天到臘月心，滴水凍成冰，他在西山鎮樂哉得很，咱們苦死了。」

「苦死了倒撿著便宜了呢，」胡老二說：「就怕苦而不死，泥鰍鑽豆腐——消消停停的受罪。」

欲圓沒圓的月亮出來了，小小的一隻銀丸，白慘慘的掛在那邊的林齒上，風尖得可以，使人根根汗毛直豎著，沒走幾個時辰，那些身強腿快的，早已不知走到哪兒去啦?祝老三的腿跛，胡老二的眼斜，想快也快不起來，因此，胡老二又拿主意說：

「老哥，我看咱們甭著急，硬打硬撲由他們上，咱們正好趕上去撿現成的。他們要是得進莊子，發了財大家有份，缺不了我，也短不了你，他們要是敗沒牙陣呢，咱們免得再奔波，收拾收拾散夥也罷，老虎，那還算得了老虎嗎？」

「不錯。」祝老三抖抖索索的笑說：「你真是個主意罐子，咱們跟著賈老虎，原是趁他的勢，抖自己的風，他這回若是敗了陣，想再讓咱們跟他？哼！老公雞生蛋，——根本沒有那回事！」

「我倒不想看賈老虎這夥人敗事。」胡老二說：「我還是巴望撈支槍升等，要是大家事敗散了夥，我還是棗木棍一根。那不是瞎姥姥點燈，——照舊摸黑?!」

「那你就太死心眼兒了，」祝老三說：「這夥人敗了事，有槍有銃咱們照樣的撿，只要有槍在手，走到哪兒站不住腳?!」

兩個頭歪眼斜的貨，一路嘰嘰喳喳，窮打餿主意，認定賈老虎這夥人這回下山，無論事成事敗，對他們總有好處，趕起夜路來，倒忘掉天寒地凍的苦了。

二天早上，二駕在山根把人給糾結起來開早飯時，那兩個老幾歪歪晃晃的，還差幾里沒到半山腰呢！等他們走到山根下面，沒見著人影兒，只見著一堆堆用石頭壓熄的殘火。

「他們歇過了腿，咱們也得歇歇。」

「早飯沒吃成，人餓得像溜透了的饅頭，虛虛軟軟的，」祝老三一屁股坐在石頭上說：「咱哥兒倆把乾糧湊合著填填肚子，升堆火祛祛寒。」

胡老二弄些焦柴，打火把火給生上，兩人探懷取出冷饅來啃著，沒有搭嘴的菜，歪頭祝老三便想起從賈老虎枕下摸來的兩包蝦米。

「來罷夥計，」他跟胡老二說：「咱們一人一小包，拿它搭搭嘴。」

他把一包蝦米拋過去，斜眼胡老二就飢不擇食的捻了起來，一口冷饅一隻蝦米，吃得津津有味，祝老三依樣葫蘆，等把肚皮塡飽，一包蝦米也給啖光啦！

塡飽了肚皮，偎著火堆歇了一陣，正打算起身上路，就聽遠遠的地方傳來密密的槍聲，敢情兩下裏業已接上了火啦！槍聲就來自丁家老莊那個方向。祝老三正待搬塊石頭壓熄那堆火，胡老二苦著臉說：

「慢點兒，老夥計，不知怎麼弄的？我覺得渾身不對勁，胸口窩像潑了一盆冷水，渾身骨縫都風呼呼的，冷得出奇！」

「敢情你是鬧瘧疾了，先冷後熱。」

「我……我這是光冷不熱。」胡老二上牙猛打著下牙說：「是不是那包……蝦米？……那包蝦米有了毛病？」

「不會罷，」祝老三說：「我剛剛吃著滿新鮮！」嘴說不會，突然覺得丹田裏有股滾沸的熱朝上騰湧，轉眼間就灌遍了全身，那四肢百骸，彷彿有一把大火在猛燒猛烤，腰脅之間的小扇子又在窮搧著，使他滿眼全晃起女人的影子，穿紅襖的在朝他招手，七歲紅在枕間朝他嬌笑，甚至遠在老家那個平臉塌鼻的黃毛老婆在眼前，至少也能給他一點兒清涼……如今他變成了一座活的火燄山，渾身都透著火紅，額上蒸蒸的滾汗，襠裏殺出了挺矛的張飛，兩隻紅絲滿佈的眼珠，著了魔似的發直，好像要是借不著芭蕉扇，他就會被燒成飛灰啦！

「你？你又是怎麼啦？」

「我是光熱不冷。」祝老三說：「恨不能在石頭上打洞呢。」

斜眼胡老二想起什麼來，問說：

「你那蝦米，是打哪兒弄來的？」

「賈老虎的枕頭底下。」

「天爺，」胡老二叫說：「這回你可把人給害慘了！這是他泡製多年的陰陽蝦，他事前一粒陽蝦，事後一粒陰蝦，咱們卻把它整包吞了，假使兩包混著吃，那也還好，偏偏我吃了陰蝦，你吃了陽蝦，這才剛吞下，要等藥力大發，那就外奶奶死獨子，——沒救（舅）啦！」

「這……這怎麼辦呢？」祝老三旁的可以不怕，唯獨怕死，一聽說會要他的命，嚇得他顧上不顧下，兩眼亂飛金蠅子。

「趁著如今還能爬得動，找處澗溪喝冷水去罷！」胡老二說：「冷水雖能解藥性，這個罪可受不了！……早知你這樣坑人，我它娘寧願去撲打丁家老莊了。」

「蝦倒是好蝦，」祝老三說：「只怪咱倆陰陽沒調和，吃得不是時辰，又不是地方。」

遠遠的槍聲更密起來；那邊打得熱鬧，這邊爬得熱鬧，兩個傢伙爲了要尋找澗溪，喝冷水解除藥性，渾身痙攣著離開火堆，起先還能捱著走，到後來藥性大發，就只能伸著頸子朝前爬了。

兩人爬過滿是落葉的林子，爬過大片的亂石堆，好不容易才望得見澗溪，祝老三爬快一步，伸手掬水，足足喝了十來捧，才覺心裏燒得略爲好受些，胡老二在溪邊滑了一跤，整個腦袋全浸在冰寒的水裏猛喝起來，若不是祝老三拖住他的腿，把他倒拔上來，只怕接著馬虎湯喝上了。

就算喝了一肚子冷水，也沒能把藥性全給解掉，兩人哼哼歪歪的像害過了一場大病。胡老二埋怨祝老三，不該偷取賈老虎枕下這兩包東西，既損了人，又不利己，賈老虎發覺，就等於斷了後路。

「你弄得他在風月場上栽筋斗，三等強盜還有你幹的？」胡老二說。

「咱們卅六著，走爲上著。」祝老三也自懊悔說：「其實我也是一時貪饞，哪知一點蝦米，也會弄出這許多名堂？」

兩人垂頭喪氣的走到月亮再出山，碰著一些氣極敗壞的同夥，棄甲曳兵朝回跑，喊說：

「你們這兩隻傻鳥，還想上去送死嗎？……二駕帶著咱們撲打莊子，剛挺上圩牆，就吃人家的子母炮轟翻了，人家兩面包抄，槍像雨點似的猛潑，咱們的人，叫釘死在莊前凹地上，癩蛤蟆墊床腿，在那兒死撐活捱呢。」

「不要緊，」胡老二說：「你們先退，咱們哥兒倆替二駕收屍。」

洋槍的槍子兒必溜必溜的在人頭頂上亂飛，那些人轉眼就跑得不見了影子，胡老二說完話，蹲身再找祝老三，連它娘祝老三也不見啦。

「老哥，你在哪嘿？」

「在這兒。」祝老三趴在一條淺淺的草溝裏，戰戰兢兢的說：「你聽這陣槍，響得多緊，甭說他是二駕，就是我的老子，我也不敢去收屍。」

「我不過是找個脫身的藉口，」胡老二打著牙顫，一路爬過來說：「要不是爲了想弄支槍，咱們早就順著叉路遁掉了，哪還會來這兒，擔這風險種？」

「這還像是人話，」祝老三說：「咱們先在這兒蹲一陣子再講。」

兩人蹲在丁家老莊莊外的草溝裏，浸寒的月亮高掛著，他們眼前不遠的那塊窪地上，賈老虎的那股人已經崩散了，槍聲間歇的時刻，就有人三五成群的朝回奔跑，腳步敲打在凍土上，發出空空的聲音，也有人一路跑，一路吹著唿哨召人的，也有掛紅帶彩的尖聲在哭喊，那聲調有些像荒墳間的鬼嚎。人說：蛇無頭不行，鳥無頭必散，二駕當先一死，這夥烏合之眾整個變成炸了箍的木桶，——散了板啦，前後沒及頓飯功夫，能跑的全跑光了，夜晚又沉寂下來。

「爬過去撿槍罷，」胡老二說：「咱們若不趁機撿它兩支，等到天亮，全都便宜丁家老莊。……只要撿著槍，咱們揹了就朝東跑。」

「倒霉的月亮太亮了，它娘的，瞎子走夜路，——跟大白天一個樣兒，」祝老三望著月亮說：「咱們若是動一動，莊裏的人瞧著了準會發槍，到那時，腦殼透風，不太稀鬆呢！」

怪就怪在胡老二沒聽他的話，剛朝起一探身，必溜就招來一冷眼槍，那個朝下一坐，一聲沒吭就過去了！祝老三一瞧，胡老二吃飯的傢伙還賸下半邊，一隻眼斜過了火，只賸下白眼珠，好像責怪他沒說吉利話似的。祝老三一嚇，也就跟著暈過去了。——幸好有這一暈，要不然，讓他守著死人，準是一夜睡不著覺。

他是什麼時刻醒轉來的，連他自己也不知道。最先好像有人踢踢他說：「這兒還有一個。」緊接著，有人就提起他的腿，把他扔上了門板，有人悠悠晃晃的把他抬起來，罵罵咧咧的說是大坑全滿了，埋不下，他連忙接口說：

「老表們，抬錯啦，我還有口氣呢。」

「是活的？」前面那個說：「放下來再補一鍬，敢情他就老實了！」

「補不得，補不得。」祝老三說：「我跟丁二大爺是親戚，下山遇上這夥強盜，害得我進不了莊子，在草溝裏趴著凍了一夜；你們敢情是打紅了眼，連老表親全不認了？」

「怪不得我看有些面熟，」後面那個莊漢說：「原來上回二大爺過壽，咱們見過，你那兩顆門牙，還跟我的拳頭敘過交情呢。你就這麼躺著，咱們把你抬進莊去吃麵條去罷。」

「幸虧你打掉過我的門牙，」祝老三說：「說話雖然有些不關風，吃起麵條可方便得很！」

早晨的太陽照在他身上，祝老三就這麼躺在抬屍的門板上，被兩個不知是哪一門子的老表親，抬進莊去吃飯去了。

「可惜沒弄到一支槍！」肚子填飽後，他想。

當然，像歪頭祝老三這種樣出色的人物，丁老莊這一池子淺水是留不住蛟龍的，假如不是背時運，總也不會混得跟當初出門時一個樣兒：穿著那件打補釘的破襖，灰塗塗的放過風箏的褲子，肩膀上照舊揹著他那乾癟癟的小包袱，包袱裏有幾塊來路不明的銀洋和一些丁老莊送給他的烙餅，雖說這是「龍游淺水遭蝦戲」的時辰，祝老三並沒把它放在心上。

「它媽的，霉氣，」他朝虛空裏發狠：「老子一捺鼻子，就像捏鼻涕樣的捏掉你，撿到山溝裏餵癩鷹去。」

霉氣捏不捏得掉，是另一碼子事，人活著就是本錢，他照樣東闖西盪，在外面活過十年。他也屈起指頭數算過十年之後，他可以跛掉另一條腿，人也許會顯得更矮一截兒，至少走起路來兩條腿一樣，不會再歪歪拐拐；至於門牙，上下已經叫弄掉了四五顆，再掉幾顆也不要緊，免得吃東西窮咬自己的舌頭，人說：窮咬舌頭餓咬腮，他這一輩子，窮和餓總是免不了的。

傳說歪頭祝老三回家那年，是決心洗了手的；他住在鎮上一家客棧裏，托人傳話給他把兄小錫匠，——應該算是老錫匠了，錫匠高高興興的跑來看他，問他這些年在外邊混得怎樣？

「山河湖海都見過，」祝老三說：「獨腳強盜也幹過，出名的強盜頭兒羅大成，爲我擺過接風酒，股匪賈老虎他妹子，跟我同過『床』，風光得很。」

老錫匠瞧著他，搖頭笑說：

「十年河東轉河西，你出門十年，還是河東的老模樣，還打算再幹老本行？」

「不不不。」祝老三說：「這回我回來，任情欠著你養活我老婆兒子的飯賬，再不幹那撈什子了。」

「有宗事兒我得告訴你。」老錫匠說：「你兒子打你離家，就跟我學手藝，早就成了出名的祝小錫匠，錫器東西，打得比我還好，前幾年，他母子倆分出去自立門戶，去年你就戴了兒媳啦。……你就甩手不幹，也餓不著你，趕快回去準備抱孫子罷！」

祝老三臉上一紅，把頭低下去說：

「明天我就回家，多年沒見面，見面禮物總得備辦一份兒。」

「那我明天放牲口，帶你兒子一道來接你。」

那晚上，老錫匠走後，祝老三喝了一陣悶酒，為這份見面禮物犯愁，他十多年霉斑沒褪，口袋裏還落下幾文小錢了，舉眼瞧著外面漆黑的天色，他想，今晚上，我何不找戶高牆大屋的人家，最後弄它一筆，好買禮物，只要幹這一票，明天就正式洗手。

他趁黑溜出去，買了一大包爆竹和一隻煤油筒，離了街梢，走了二三里地，在叉路口遇著一個孤獨的莊子，這莊只有落單一戶人家，三合頭的新草屋，前面橫一道高牆，像這種人家，是最好作案的。

他打上火媚子，點上一隻爆竹放在煤油筒裏，砰的一聲響過，他就扯開破鑼般的老嗓門兒喊叫說：

「吠！莊上的替我聽著，獨腳大盜路過，缺少盤川，趕快丟出錢來，要不然，我就放火燒宅子了！」

裏頭靜悄悄的，沒有回應。

祝老三一想，這家人也許睡沉了，一枚爆竹弄不醒他們，於是，他就拎著煤油箱兒，繞著這家的宅前宅後，放了許多枚爆竹，喊出更多恫嚇的話來，誰知他的假「槍」，引出對方一響真「槍」來，他就覺小腿一麻，人蹲下去，再也站不起來啦。

他永遠不會知道，那一槍是他兒子放的，槍是獨子拐兒，鉛頭子彈，又叫禿頭和尚，含有見血封喉的劇毒，他最後的禮物就是他自己。這一回真的貼了老本，——白睡一口大棺材，卻沒花著別人的錢。

如果他還有半口氣，他一定不會願意的。

火葬

爲了蓋碗裡那些用冰糖培著的蜜棗，趙五奶奶跟媳婦又嘔了氣。老人家心思細密，平常哪怕是一點兒吃食買來家都要點點數，在心裡牢記著那個數目，二天自己吃了多少，就三下五除二，從原數裡扳著指頭扣除，這麼做，爲的是防著媳婦。

雖然俗說：女兒是人家人，媳婦是自家人。但媳婦不是從自己肚皮裡出的，比起女兒來，天生就隔著一層；也正因爲女兒是人家人，五奶奶的三個花朵似的女兒，群珍、素珍和愛珍，都先後出了閣，嫁到三個不同的遠處去了。三個貼心貼意的女兒，只換來這麼一個冷冷淡淡的媳婦，五奶奶不止一次在鄰舍面前呼過冤，埋怨老天爺不該讓她這樣貼本。

細心的老人家，會從平常日子裡，任挑幾宗細小的事情，把當初的三個女兒和如今的這個媳婦來比較，越比越覺得女兒待自己情份重，越比越覺得媳婦冷淡寡情。不是嗎？當年群珍沒出閣，一手精細的針線人見人誇，她用替人刺繡縫綴的一點兒工錢，把自己床頭瓷鼓兒裡裝滿了吃食；女孩兒家心眼兒靈巧，自己不素愛吃些什麼，她就挑著什麼買，五色雜糖、桃酥杏酥、各式鬆軟香甜的糕餅，從沒斷過。

二女兒素珍燒得一手好菜，買什麼，弄什麼，總先開口問媽，媽說鹹，她就鹹，媽說淡，她就淡，知道媽的牙口不好，總煮得爛爛的，不用細嚼也能嚥。菜燒好了，扶媽吃，勸媽嚐，單看她小心翼翼的樣子，親親熱熱的笑臉，沒胃口也生得出胃口來。

小女兒愛珍不會什麼，若論服事自己的殷勤來，卻是誰也比不上的。早起替自己梳頭穿衣，提壺灑掃，夜來替自己烘暖被褥，拿茶奉煙，沒事端張椅兒，請媽太陽底下坐著，扳著媽的頭髮捉蝨子，說是頭皮不癢好睡覺，年紀大的人，睡足了覺才會開胃添精神。

早先找村頭路過的算命瞎子算過命，那瞎子算過自己老運不濟，當時自己還疑疑惑惑的不相信，如今想想可真靈，家裡娶著這麼個媳婦兒，老運還能談麼？

媳婦究竟怎樣不好？五奶奶也說不出來，只是拿她和三個女兒一比，心裡就冷暖分明；媳婦不像群珍那樣，常替自己備吃食，不像素珍那樣，按照自己心意烹肴煮菜，更不像愛珍那樣親熱殷勤，而且……而且也許還有點兒愛偷嘴的毛病，不過從沒眼見過，只是懷疑罷了。

也許媳婦偷自己床頭的吃食，是爲了那個寶貝孫兒，——五歲大的癩子，癩子生下來並不叫癩子，是生了癩皮癬之後才改叫癩子的，俗說：什麼人生什麼貨，一點也不錯，癩子不但生了一身懶龍似的癩皮，滿頭又長了膿疱禿瘡，塗了一層黃油般的稀硫磺，聞見了就會反胃作嘔，就這麼個成天挺著冬瓜肚子，白癡似的小小子，他媽還那樣橫寵著他，任他用那雙黑炭條似的骯髒手，東一把西一把，從雞屎抓到爛泥，再轉來磨算自己床頭瓷鼓兒裡的東西，口涎冽冽的，不磨算到嘴不甘心。

誰說做奶奶的不疼孫兒？妳爲人子媳的人，也該把孩子打理得像個人樣兒才是，自己一輩子講乾淨，三個女兒也都跟著染有潔癖，哪曾見過這樣邋遢的孫子？

「孩子家，一天三頓飽飯，就成了，」自己不止一回跟媳婦關照過：「少縱容他，養成貪吃零嘴兒的脾性，積了食，又鬧毛病。」

這也講說不得了！惹得她背著自己，在街坊鄰舍面前，栽誣自己是個老怪物。……「她那個老太婆，吃水只吃前桶，怕擔水的放了屁在後桶裡，除了她那女兒，她是任誰也不喜歡的，癩子一進她房門，她就伸手朝外推，早知我不生癩子，讓她趙家斷子絕孫反而乾淨！」

你們聽聽，這就是做媳婦的議論婆婆的話。像是從人嘴裡講的麼?!不過總不是親耳聽著的，也只耳風刮著那麼點兒，即使刮著那麼點兒，也夠把人氣得頭昏腦脹的了。

嗨！上年紀的人，清靜就是福，哪犯得著為這點雞毛蒜皮的事兒，跟媳婦認真嘔氣去；上回群珍回娘家，也這麼苦口婆心的勸過自己，自己總算讓步了。

「孩子家，哪有不貪饞的？零食少吃些，要吃，也得先替他手洗洗，臉擦擦，奶奶拿給他，不要任他不知數似的，掀開瓷鼓蓋兒來亂抓！」

鄰舍們評評，這又說錯了麼？

「這明明是嫌孫子，稀罕那老婆子繞著彎兒假惺惺！」這話又是她做媳婦的人說的，她還說：「嫌他禿，嫌他癩，嫌他小腸氣大卵泡兒，都不是我的事，禿頭癩皮大卵泡兒，又不是胎裡帶的，全是在他趙家長的，要怪，也只怪他趙家祖上無德，風水不好，怪我算哪一門兒？她既嫌癩子，朝後我就不帶他進那房門，免得她那寶貝吃食數錯了數，也賴是咱們娘兒倆偷的。」

天知道，還是虧三個出嫁的女兒有孝心，自己床頭瓷鼓兒裡，才長年不斷吃食東西；她們知道做媽的有夜晚心潮的老毛病，一陣潮溼泛上來，就得抓點兒什麼塡塡，便經常託人捎來些糕糕餅餅，留給自己墊一墊心。上回素珍捎來兩盒綠豆糕，自己省著省著捨不得多吃，二天盒蓋兒叫掀在一邊，盒裡翻得亂糟糟的，數來數去差了三塊，其餘的，也都叫抓得稀乎爛，髒兮兮的不成個樣兒了。

好呀，明的不來暗的來，正應上家賊難防那句俗話了，家裡深宅大院老房子，除了媳婦跟癩子，旁人誰還會進宅來，專偷幾塊糕餅來著?!這宗事，不提還好，提起來有辱門風，只怪自己老眼昏花沒見著，既賴不了媳婦，更賴不得孫子。

能忘掉倒也罷了，這口悶氣窩在心裡，頂得人心口發疼，一病病了好幾天，原以爲事情過去就算了的，誰知這一波未平，那一波又起，愛珍託人捎來的糖炒栗子又剩了一攤碎殼兒了，事不過三，這蜜棗業已是第三回啦！

「我說癩子他媽，妳昨晚怎麼又讓癩子抓走那蓋碗裡的蜜棗？……那是群珍爲買來給我壓咳嗽的呀！吃了蜜棗不說了，不該把我那細瓷蓋碗摔爛掉蓋子！那都是前朝古瓷，配都沒處配的。」

「奶奶說話可甭儘冤人！」媳婦的臉也夠青冷的，話頭兒不輕不重的敲著人：「誰也沒害了饞癆?!半夜三更爬起來偷捏妳那些吃食，妳說的蜜棗是什麼樣兒，我影子還沒見著呢！這話傳出去，叫我這做媳婦兒的怎好見人?妳吃齋唸佛大半輩子，不知平白咒人嘴上會生疔的嗎？」

好個轉彎兒罵人的尖刻言語。

五奶奶要是像早些時一樣能忍氣呢，省一句也就沒事了，老人家疼的不光是幾顆蜜棗，疼的是女兒一番心意，叫人胡糟蹋了，偷捏了東西，非但不認賬，到頭來回馬一槍，反咒罵自己嘴上生疔。

這還早著，如今自己還爬得動捱得動，媳婦就已經唇槍舌劍的硬頂嘴了，日後自己病病痛痛的，到那爬不動捱不動的時刻，那真才叫老鼠滑進糞缸，——死也死得窩囊咧！這麼一轉念，一傷心，就忍不住的嚎啕大哭起來，既然掀開了臉，索性淚涕交流，指天劃地的，狠把媳婦兒數說了一頓。

五奶奶越數說，媳婦蹦得越高，硬指五奶奶栽誣她，說她壓根兒沒偷捏過一點吃食東西。

婆媳倆這一吵，把左鄰右舍全吵得來了，一半是來勸架，一半也是來看熱鬧。五奶奶一見人來的多了，喉嚨也就更大起來。

「妳說妳沒偷，難道會有鬼來偷？這蜜棗原本十七顆，早上還剩十三顆，蓋碗兒摔在地下，瓷片兒還在這兒呢！」

「誰偷妳那蜜棗來?!」媳婦也像受了極大冤屈的樣子，又蹦又跳，亢聲銳叫著發了潑，王婆罵雞式的當眾詛咒說：「誰偷妳那蜜棗，叫她跳跳就死！叫她×上生疔瘡！叫她來世變驢變馬；要是妳做婆婆的硬栽誣我，這血滴滴的咒就會應在妳身上！」

「好！妳這小×咒我死，我就死！」五奶奶嘴張得瓢大乾嚎說：「我死是妳毒死的，咒死的，我那軟骨軟耳的兒子怕妳不敢吭，看幾個姑子回來能饒得了妳！」

「要死也是妳自找的！」媳婦說：「我沒偷過妳什麼，不怕妳在閻王面前告我，我娘老子也沒栽誣過我，竟有妳這種婆婆栽誣我。」

「算了，妳做媳婦的人，怎能跟婆婆說這些。」隔壁馬二娘說：「婆婆她年紀大些了，頭腦不清爽，就是爲這點小事栽誣了妳，也不過頂個家賊的名，不犯法的，用不著這樣嚷叫，傳揚出去，人都會批斷妳不是，以下犯上，虐待婆婆了！」

「我……我……哪敢存這個心來，二娘。」媳婦一臉眼淚，無限委屈的說：「我只是要把這事弄清楚，要是陽世弄不清，她死我跟著，到閻王面前對質去。」

「我死，我……死！」五奶奶嚷叫說：「我是說死就死，我死了妳當家，沒釘沒刺好過日子！」

按理說呢，婆媳間爲細故爭嘴也是常有的，雙方都在氣頭上，一時惡語相侵，經鄰舍勸解勸解，由媳婦叩頭賠個不是，哄婆婆消了氣，也就罷了。五奶奶家這場吵鬧，媳婦原說的是氣話，五奶奶卻認了真。

馬二娘、胡三嬸兒這些鄰舍說好說歹，從半下午勸到黃昏拐磨時，剛回自己宅門，就聽癩子他媽奔出來窮嚷說：

「二娘喲，三嬸呀，妳們勸架勸到底罷，我婆婆她，等人一走，就把她的送老衣穿上了，盤腿坐在匟上等死呢！……癩子他爹不在家，我不知怎麼辦？也許他回來，真以爲是我把他娘凌虐死的哩！」

「嗨呀，五奶奶這個人，也真是黃河心的沙子——淤到底兒了！」胡三嬸兒首先埋怨起來：「殺人不過頭點地呀，真是的，媳婦業已跟她叩頭賠過禮，她還這樣固執的鬧下去，何時有個了結呢？」

「在這兒空說也沒用，還是去當面勸解她罷。」還是馬二娘要實在些，家門也沒進，扯著胡三嬸兒又回頭，不過，她又帶點兒訴苦的味道，揑著媳婦的手說：

「替人勸架也不是好受的事兒，咱們都還沒做飯呢！老人家心眼兒直，氣從妳身上起的，還得打妳身上消，好歹全看妳怎麼說，甭讓咱們餓著肚子費太多唇舌。」

「妳們全見著的，」媳婦說：「我頭也叩了，禮也賠了，她非逼我認說我偷了她三回東西，我娘家祖祖代代沒做過賊，我不願平空撒那個謊。」

三個女人趕到趙家後屋裡，趙五奶奶可不是穿上了她那一身暗藍團花緞子的壽衣，一本正經的，睜著兩眼，盤膝在匟上坐著呢。

「哎呀呀，我的好五奶奶，妳真是老小老小，越老越小了，妳這是幹什麼？」馬二娘儘管餓著肚子，還得要擺出笑臉來，勸解說：「媳婦她適才業已聽人勸說，跟妳叩過頭，賠過了禮，也就罷了，妳不能再這樣折她的壽，弄得四鄰也安不下心呀！」

「五奶奶，鬧小氣，使不得大性子，」胡三嬸兒也說；「您上年紀的人，經不得這樣折騰的，日後鬧起大病來，吃苦受罪的，還不是您自己?!」

後屋裡原就有些陰森森的味道，五奶奶從幾十年前嫁來時，就住在這間屋子裡，因爲窗外有一道暗走廊，形成兩層重疊著的花窗，多少年來，陽光從沒進來過，屋裡的那些傢具擺設，經過許多年月，也都已變成暗褐色的古董。外面正燒著彩霞呢，屋裡已沉沉的暗下來了，只有趙五奶奶朝外的那張白臉，和她那一身閃光的藍壽衣，還在黝黯中迸出一些似真似幻的反光來。

也不知怎麼的，馬二娘覺得這屋裡陰風慘慘的，帶著一股霉鬱氣味的空氣跟平常也有些兩樣，趙五奶奶的拗性真大，兩個人交番勸說，她怎麼就不開口說話呢？

「我說，五奶奶，媳婦她平常也沒大過錯，不過就是爲了一點兒糕餅，和打爛了一隻蓋碗的蓋兒，妳那三個女兒那樣關切妳，妳也該爲她們想想……」馬二娘嘴裡是這麼說著，心裡卻有些疑神疑鬼的惴惴不安，就好像有那麼一種預感——彷彿自己並不是對著活人講話，而且講這些並不是爲了勸解誰，只是替自己壯膽子罷了。但願她五奶奶只是嘔氣裝聾作啞，不要真的發生什麼變故就好了。

「煩妳摸個火，把燈給掌上。」她轉臉跟身邊那個媳婦兒說：「癩子好像在那邊灶屋裡哭呢，天快黑了，不要只管嘔氣，把孩子丟在一邊嚇著。」

媳婦兒掀簾子出去了。

馬二娘碎步朝匟邊挪著，一心想探究趙五奶奶爲何不言語，誰知一動腳，就覺自己的兩條腿不由自主的打抖，軟軟飄飄的起晃盪，幸好還有個胡三嬸兒手扶著房門框兒站在那邊，要不然，自己一個人哪怕有再大的膽子，也不敢留在這間黑燈黑火的房子裡了。

「來呀，三嬸兒！幫我勸勸五奶奶，要她把壽衣脫下來！」馬二娘一把扯住胡三嬸兒的衣袖，好像才覺心寬膽壯些。

媳婦牽了癩子，掌了燈回來，剛跨進後屋的門，和趙五奶奶住的那暗間還隔著一層房門簾兒呢，就聽見一聲長長慘慘的駭叫，彷彿像叫錐子戳著股肉似的，那樣的怪異、尖亢，有幾分不像是人聲，這一聲可把她給嚇楞了，不會真的有什麼變故發生罷？她胡亂的想著：婆婆當真那樣死心眼兒，會爲一隻碗蓋，幾顆蜜棗走上死路嗎？

「怎……怎麼了，二娘？」

她的話還沒問完，嘶的一聲，房門簾子落了下來，滾球般的朝外滾，原來就是馬二娘和胡三嬸兒。

「妳婆婆……早就……死了！她的手全……涼……了！」

「她準是吞下了什麼，」馬二娘爬起身，慌慌噪噪的朝外跑著說：「這才有多大一會兒？她……怎麼說死就斷了氣了。」

「可不嚇死人了。」

胡三嬸兒雖也跟著掙扎起來，但那幅印花布的房門簾兒還纏在她的身上，她三把兩把沒扯得脫，便頂著那塊布跑到院心裡去了。

媳婦一時也慌亂得沒了主意，也牽著癩子跟著朝外跑，喊叫街坊去救人。吆吆喝喝哭哭喊喊這一鬧，街坊上驚動了不少人，傳說趙五奶奶暴卒了，都爭著來看看究竟，一時趙家的天井裡，捱捱擦擦，擠了一大片人。

「下傍晚跟媳婦嘔氣時還是好好的，怎會說死就死了呢？」

「是呀，沒頭沒腦的，可真死得蹊蹺！」

「許是吞下什麼毒物了？」

「也許就是媳婦下的手。」

人群裡東一堆西一簇的，在竊竊議論著。

也不怪人們這樣的議論，在這座一向平寧的北方小鎮上，日子是無波無浪的止水，一年難得有幾宗值得議論的事情發生，趙五奶奶死得這樣突然，這樣蹊蹺，像一道大浪似的，把全鎮的人心都打動了。

也有些婦人，伸長頸子，圍著那兩個目睹者——馬二娘和胡三嬸兒問長道短。那兩人驚魂甫定，說話愈顯得急促誇張。

「那時房裡昏黯，又沒掌燈，只見她穿著送老衣，盤膝坐在匟上，」馬二娘說：「我跟胡家三嬸兒，還當她在嘔氣，合力勸著她咧，……任我兩人說破了嘴，就沒見她答腔，忽地一陣陰風撲臉吹過來，吹得我汗毛直豎，我當時也沒以爲她已經死了，還跟三嬸兒去拉她呢。」

「可不是，」矮小的胡三嬸兒搭上碴兒了：「我上前一拉她的手，嚇得我三魂出竅，馬二娘她還能喊叫出聲，我咽喉卻像鎖住似的，什麼也叫不出來。」

「她，五奶奶……她那手，冰砭骨似的透涼透涼，」馬二娘喘息地摸著胸口：「誰掌燈進去瞧瞧罷，你們那些火燄高、膽子大的男子漢，五奶奶她，不定是吞了金，吃了煙土，我簡直不敢看了！」

經她這麼一嚷叫，有人高挑起燃著的燈籠，由鎮上的朱屠戶率著幾個少壯的男人先湧進後屋去了。不一會兒朱屠戶出來說：

「五奶奶她確是死了，她兒子女兒沒回來，咱們只好先把她移至外間冷凳上，著人連夜趕去報喪，至於她究竟是怎麼死的？等她親人來了自會弄明白的，外人也不便亂猜疑。」

趙五奶奶的屍首，用小褥兒裹著移了出來，鄰舍們倒是夠熱心的，有人去買香燭紙箔，有人去扯麻布孝布，馬二娘說妥了幾個人，騎著牲口，連夜分頭趕到遠處，向五奶奶的兒女報喪去了。人多手雜好辦事，也不過頓飯光景，後屋裡便垂下白布幔子，設了供桌，寫了白紙牌位，點上兩支素蠟，草草的佈成靈堂。

死人仰躺在冷凳上，臉上蓋層油光紙，紙上壓著些黃色的紙錢。不知誰裝的倒頭飯，飯碗正中插著一雙黑漆筷子，飯上嵌著那十三顆冰糖蜜棗。

趙五奶奶爲它死的，然而連一顆也沒吃著。

人死了，夜裡該有人守靈，防著雞貓狗鼠偷吃倒頭飯，碰翻點燃在死人腳頭的那盞陰慼慼、綠慘慘的倒頭燈。趙五奶奶是跟媳婦嘔氣死的，媳婦不敢守靈堂，鄰居裡面你推我，我推你，壓尾還是推了馬二娘、胡三嬸兒，另加一個渾名叫大腳的女人陪著她，守在靈堂外面。

大夥擔心女人屬陰，頭頂上火燄弱，沒有剛陽之氣鎮著，也許會起屍變，就說好說歹，商請朱屠戶跟一個常替人打短工的、名叫狗柱兒的半樁小子看守著五奶奶的屍首，取個鎮邪的意思。

「我倒不是推諉，」朱屠戶說了：「大夥兒全是老街坊了，我是買賣人，早起還得殺豬賣肉呢。」

「好歹只看守一夜罷了，」馬二娘說：「等明天，她兒女奔喪趕回來，咱們做鄰舍的就算卸了擔子了，好也罷，歹也罷，那是她們家務事情，……你跟狗柱兒看屍看一夜，等趙哥兒回來，我要他送兩百錢，算是給你買酒，你只當幫忙罷。」

「那怎麼好意思，」朱屠戶見錢眼開，表面上推辭一番，也就答應了。

女人家的膽子實在太小。朱屠戶取了一隻破舊的拜墊兒（即叩拜用的蒲團），坐在靈堂一邊的牆角上，眼望著躺在冷凳上的死人；其實，像趙五奶奶這種老太婆，活著也嚇不著人，莫說缺了一口氣了，說得好聽點兒是看屍，說得真實點兒，就是守著死人睡覺。

這兩百錢，外加一壺袪寒的酒，算是白賺來的。

「狗柱兒，你怕不怕？」朱屠戶朝坐在他身邊的狗柱兒望了一眼，明知那小子駭怕，偏存心逗弄著他說：「要是怕，就也喝點兒酒，壯壯膽子。」

狗柱兒抬起眼皮來，極為勉強的笑笑：「實在有些陰戚戚的味道，大叔，要不是有你在這兒，我真有些渾身發毛。我替人看過青禾，……這通夜守著死屍，還是頭一回呢。」

「也沒什麼，喝點兒酒就好。」

朱屠戶拎起錫酒壺來，先大嘴套小嘴，骨嘟骨嘟地喝了幾口，再抹抹壺嘴兒，順手遞了過去。平常向不喝酒的狗柱兒，捧著酒壺猶疑了一忽兒，便也仰起脖頸，喝藥似的喝了一大口。那酒恁烈，嗆得他喘不過氣來，只管捂著嘴咳嗆。

酒是喝了，並沒壯起狗柱兒的膽子，這靈堂裡的一切景象，都在一種逐漸擴大並且浮盪的朦朧中輕輕旋轉著，倒頭燈的火燄是一片恐怖的青綠色，把人臉全給映綠了，越看越有些不像人樣兒。哪兒刮來一陣陰風？把死人臉上蒙著的油光紙兜得鼓鼓的，就彷彿是死屍在下面噓氣一般。也許那幾疊紙錢壓得不夠重，有一角叫風頭掀開，露出趙五奶奶那張癟著嘴、瞪著眼的臉來，嘩地一聲紙響，五奶奶的一隻手又從冷凳邊緣滑了下來，——不！也許是伸了下來。那隻手，帶著幾分痙攣似的，懸空悠盪著，彷彿要去捏那些嵌在倒頭飯上的蜜棗。

而旁邊的朱屠戶，壓根兒沒留意這些，只管喝著他錫壺裡的酒呢。

「大叔，大叔。」

「嗯。」朱屠戶的聲音懶懶的，帶著睏倦的意味。

「你不能睡呀，大叔。」狗柱兒挪過身來搖著他說：「你不覺得這靈堂裡有什麼不對麼？」

「小兔崽子，嘿嘿，」朱屠戶帶一份肉感的親暱，用濃濃的醉意的鼻音笑罵說：「甭想要小心眼兒嚇唬你大叔了，狗柱兒！我趕集走夜路，哪天不過亂葬崗子？熱天圖涼快，常在墳頭上睡覺，……惡鬼還怕殺豬刀呢。這兒有什麼不對？」

狗柱兒囁嚅著，他不敢沖著死人說出什麼來。

「去，捏兩顆蜜棗來給我下酒。」朱屠戶說：「嵌在那邊倒頭飯上的，……你敢麼？」

狗柱兒搖搖頭，又跟著努努嘴。這一回，朱屠戶也看見那隻雞爪兒似的，懸空悠盪的手了。

「五奶奶，甭嚇我。」朱屠戶醉醺醺的說：「我熬夜守屍夠辛苦的，大夥兒街坊老鄰居，兩百錢不要不要緊，就說捏兩顆蜜棗下酒，總也不過份呀！」

說著，他真的歪歪的爬過去，捏顆蜜棗硬塞在死人手裡，再屈起死人的胳膊，把那條手臂彎上去，使那隻捏著棗子的手，正湊在死人嘴上。

他又把油光紙理抹平整了，把露出的死屍面孔蓋妥，上面多壓了幾疊紙錢。

「雖然吃不著，也意思意思，」他一邊說著，一邊又捏了兩顆蜜棗，塞在他自己的嘴裡，爬回來，把腦袋朝牆上一靠，閉上眼品嚐著蜜棗的滋味，在咀嚼中用模糊不清的聲音跟狗柱兒說：「狗……柱兒，你這該放心了！……咱倆輪班守著，大叔我守屍，你先睡，四更天我……再叫醒你……」說呀說的，他自己卻先打起鼾來了。

狗柱兒雖然裝著閉上眼，一顆心卻像打鼓似的跳著，哪能睡得著？起更前，外間的馬二娘她們還在嘰嘰咕咕的講話，如今話聲早就沉落了，除了朱屠戶那條連綿不斷的沉鼾，什麼聲音也聽不見了！……早知替人守屍的滋味是這樣，還不如多打幾天短工呢！

人在這種荒僻的地方長大，狗柱兒肚子裡裝滿了各種各樣原始淒怖的傳說：某處某人大白天見鬼，某處某家鬧殭屍……說那殭屍鬼眼瞪銅鈴大，奔跑起來快得像陣風。如今，那些傳說都從遠遠的地方，從四面八方的黑暗裡，一一匯集到自己的心裡來，活化成一簇一簇色彩濃烈的形象，在心窩的暗處群相蹈舞著。

這些並不可怕，最可怕的是一種觸及今夜的聯想，——五奶奶的屍首，是不是也會在自己睡意朦朧的時刻，突然變成一具殭屍鬼？從那邊的冷凳上躍起來追人？

「天哪，我怎會想這些呢？」

朦朧是朦朧了一會兒，狗柱兒確信自己胡思亂想的並沒睡著，再睜眼瞅瞅身邊的朱屠戶，腦袋軟軟的垂在胸脯上，半張著他多短髭的鮎魚嘴，拖下一綹長長的黏涎，呼呀呼的喘氣拉風箱，睡成了一條死豬。

那邊又起了一陣風，忽啦一聲，把一張原是蓋在死屍臉上的油光紙吹了過來，不偏不倚的正罩在狗柱兒的臉上。狗柱兒大吃一驚，急忙伸手抓開那張紙，再轉頭朝那邊一瞅，嘴裡沒說話，心裡只叫了一聲媽，古丁冬一頭撞在牆壁上，朝上翻著白眼，就這麼嚇昏過去了！——冷凳是空的，死人不見了！

狗柱兒恢復一些知覺的時候，靈堂外面起了嘈亂。

趙五奶奶的兒子趙哥兒、三個奔喪來的姑娘，都漏夜趕了回來。群珍一進屋，就扯住弟媳撞頭，嚎說是做媳婦的下毒手，毒死了婆婆。素珍要明理些，說是先甭這樣纏鬧，天亮後，請人來驗屍，是否是服毒就知道了。

「是呀，二姑娘說的是，」馬二娘也在拉著彎兒說：「五奶奶她要真是吞金服毒死的，七竅會出血，臉色會變紫，指甲會變青變黑，身上也會起紅斑，……這是瞞不過人眼的。」

「橫豎我沒做虧心事，」媳婦哭著說：「妳們逼不死我。」

「我看，三位姑娘先甭吵了，」胡三嬸兒說：「五奶奶死前，婆媳是為幾顆蜜棗嘔過氣，爭了幾句嘴，我們勸媳婦叩頭賠了禮，我們前腳出門，媳婦後腳跟了來，說五奶奶賭氣穿上壽衣，坐在凳上等死，我跟馬二娘再拐回來，人已經死了，這似乎怪不得媳婦。」

「五奶奶移屍出房，我們看過，」馬二娘說：「臉色黃黃白白的沒變紫，除開大睜兩眼沒閉上，七竅也沒血痕，指甲也沒變色，一點兒也不像是服了毒的樣子。」

「也有些毒是內毒，」群珍仍然指著媳婦：「這女人不知給我媽餵進什麼了？」

「內毒驗五臟呀，姑娘，」馬二娘說：「銀筷兒朝喉管裡一伸，什麼毒驗不出來？我央了街坊上的朱屠戶跟狗柱兒，兩人守著五奶奶的屍，妳媽如今躺在布幔兒裡邊，慢慢兒的驗罷。」

嘩的一聲，布幔兒被誰拉開了，狗柱兒覺得有人狠扳著自己的肩膀搖晃著，聲音是驚惶急促的：

「狗柱兒，五奶奶的屍首呢？」

「我……我……我也不知道。」狗柱兒這才吐出聲音來：「昨夜晚三更天……她就……不見了！」

「怎麼？屍首不見了！」朱屠戶也醒了，卜楞跳了起來，翻眼四邊一瞅，忽然他渾身戰慄著，雙手亂摸著屁股，彷彿背後燒了火一樣的惶叫說：「不好了噢，鬧了殭屍了呀！」

殭屍！這一聲恰像是一條火閃一樣，把荒涼地域中人心的恐懼照亮了！大夥兒爭也不爭了，吵也不吵了，媳婦抄起癩子，趙哥兒牽著三妹子，群珍扯著素珍，馬二娘拉著胡三嬸，朱屠戶拖著狗柱兒，亂鬨鬨的奪門朝外跑。跑到大門外的街心時，馬二娘跌腫了嘴唇，群珍碰痛了肯拐，趙哥兒一跤摔在黏骨上，抱著腿哼哼。

不一會兒，趙五奶奶變成殭屍的恐怖事兒，就傳遍了鎭上。趙家大門外的人頭越聚越多，天色也越轉越亮了，一直等到太陽露頭，人們才冷靜下來，紛紛的議論著。有人把這事怪在守屍的朱屠戶身上，說他不該受了託付不盡責，喝了酒就挺著死睡，要不然怎會出岔事兒？有人以爲毛病出在媳婦身上，五奶奶定是中毒死的，媳婦怕五奶奶的子女親族驗出虐死或毒殺的痕跡，就花錢買通了看屍的人，以鬧殭屍爲由，把五奶奶的屍首運到荒郊，刨個坑掩埋了，卻讓全鎭的人都陷在「殭屍奔脫」的恐怖中。

但這兩種猜疑和責難，都是站不住的。

朱屠戶漲粗脖子大嚷說：「你們誰也甭責難我！說我不該睡覺，五奶奶她要變成殭屍鬼，誰能睜著眼攔得住她？……如今死人沒了，咱們得趕緊分頭去找，甭讓她在荒郊野外追著害人，她就是殭屍也奔不遠，總能找得到的，不是嗎？」

關於第二個猜疑，馬二娘也挺身出來作證說：「事情沒弄到水落石出的地方，不能冤了媳婦，……朱屠戶跟狗柱兒是我央請他們留下，媳婦由我跟大腳、胡三嬸兒，整夜陪著，哪會有『移屍滅跡』的事？」

有人追問起狗柱兒。

「我沒有睡，」狗柱兒說：「三更天，一陣陰風把蓋在死人臉上的油光紙吹起來，恰恰罩住我的頭和臉，使我一時看不見東西，等我伸手抓開它，再朝冷凳上一瞅，屍首就沒有了，我一嚇，就人事不知啦。」

「你有聽見像揣誰似的腳步聲沒有？」

狗柱兒搖搖頭：

「我什麼全沒有聽著！」他說。

「還是出了殭屍！」最後大夥兒都這樣判斷著。

在這樣古老寒傖的小鎮上，趙五奶奶暴死後變成奔出門的殭屍鬼，真算是再壞也沒有的消息了：殭屍一出門，全鎮嚇掉魂，若不覓著她，準會亂害人。大夥兒全有這麼樣同一想法。

這還是大白天，不覺著太怎麼樣，若是到了夜晚，殭屍鬼擂門闖宅，那可怎麼得了？朱屠戶總覺殭屍出門時他在睡覺，惹得全鎮惶惶不安而內疚，就自願領頭去尋找那具出奔的屍首。由於人多膽壯，鎮上很多少壯的漢子，都願參與覓殭屍，朱屠戶從中挑揀了廿來個人，分成好幾股兒，一股兒先清宅院，出後門，沿著屋後的池塘繞經雜樹林，到西邊曠野上去找。一股兒專搜全鎮的每一條大街小巷。另一股兒由南朝北，遍搜北山根的林莽。

「出了家門的殭屍，若不是觸著硬物踣倒，那還會是能坑害人畜的活殭屍，」有經驗的賈大伯說：「你們去搜屍的人，快回去帶上鳴鑼響器，刀矛火銃之類的物件，碰上殭屍走動撲人，你們得鳴鑼打鼓，用刀矛火銃轟打它，直等它倒地為止。」

這方法行在荒郊野外可以，行在家宅和街巷就怕會誤傷著人了。有人提出這困難之後，馬二娘又想出另一種對付的方法來：

「其實對付殭屍鬼，倒用不著這樣大張旗鼓，在家宅街巷裡，最好帶著桃木枝、菖蒲劍，殺條黑狗，或是殺隻烏雞，一面瀝著血，一面叫喚死人的名字，她聽著了，就會從黑角裡直奔出來，不管她來勢多兇，一經踩著烏雞或黑狗的血，她就會倒地不起了。」

「男人家都去打殭屍，鎮上都留著些婦人孩子怎麼辦？」一個帶哭腔的女人說：「萬一那鬼物鑽在哪一家，如何防得了啊！」

「妳們快去北山廟裡請道士，家宅門口貼上鎮邪驅鬼的神符，多少有些用處。」一個說。

「在殭屍沒覓著之前，妳們遠地有親朋戚友的人家，趕快帶著孩子去躲避幾天，免得夜晚提心吊膽，惶恐不安，」一賈大伯抹著鬍子說：「萬一殭屍出現害了人，那就晚了！」

亂鬨鬨的鬧了一陣兒，覓殭屍的幾股人分頭出動了，他們亂敲著鑼鼓，並發出雜亂無章的嚷叫。狗柱兒倒拎著一隻剛殺的烏雞，一路把雞血滴在地上，用稚氣未脫的嗓子，一聲遞一聲地叫著：

「趙五奶奶、趙五奶奶，妳在哪個僻角兒裡聽見了，趕快出來！」

朱屠戶領著一股兒人，像抄家似的在趙家宅院裡翻搜著，狗血潑得門戶上一片鮮紅，七八支紅纓槍在院心擺著拚命的架勢，連屋頂都有人踩過了。

緊鄰的人家生恐夜來時殭屍鬧宅，有的去廟裡請和尚，有的去宮裡接道士，有的央巫門，有的找法師，設香案，燒符咒，行關目，唸經文，先把宅子鎮一鎮，清一清。街頭有些家裡缺少男子漢的人家，紛紛打起包袱，備妥牲口，防虎防狼般的倉促逃離鎮上，下鄉去投親避難去了！整整一個上午，小鎮上就像翻江倒海一般的亂法兒。

假如當天能把趙五奶奶這具殭屍搜出來，倒也就沒有事了，偏偏幾十個少壯漢子搜了一整天，跑遍鎮內鎮外各處地方，殺了好幾隻烏雞黑狗，也沒找著殭屍的影兒。黃昏時，一個個拖著沉遲的腳步，沒精打采，垂頭喪氣的回到鎮上。

「她趙五奶奶的屍首，是個有形有體的東西，究竟能弄到哪兒去呢？」賈大伯納罕著：「就算一根花針落在地上吧，這麼多人找它一整天，也該撿著了呀？」

「是麼！」朱屠戶也不相信的搖著頭：「難道殭屍也會化身縮骨，躲進老鼠洞去不成？」

這些漢子們儘管垂頭喪氣，還得強打起精神來，在趙家宅院裡守夜，在大街小弄中敲更巡邏，又分出兩股人連夜搜尋，希望能把那殭屍鬼捉著，正如賈大伯所說的：

「趙五奶奶死了，是趙家的事，殭屍鬼出了趙家的門，就是全鎮的事情了，人人都有家小，不捉著那殭屍，把它制倒，日後凶禍落在誰家頭上，誰都吃不消。」

朱屠戶也大拍胸脯說過：

「不把殭屍找著，鎮上誰還敢住？不久就會成鬼市了！咱們就連熬十個通宵，也得把她找出來，架起柴火來，把那殭屍燒掉！」

鄉野上的人們都這麼傳說著，並且這麼相信著——說是殭屍鬼並不太可怕，活殭屍才叫可怕著呢！……他們說殭屍仍是屍，不過是一時受了雞貓狗鼠的活氣牽動，更受了人氣的吸引，便風似的朝外奔行，其實，它就如線牽的木偶差不多，不能轉彎兒，不能避物件，碰著硬物就會殭住或者倒下來。

但活殭屍就不同了。

所謂活殭屍，就是害過人的殭屍，它掐住人咬住人，弄死那人，沾了生人的血在身上，它就成了有靈氣的活殭屍，那已經不是屍，而是一種借屍爲形的妖物。它會在白天躲匿著不見太陽，潛藏在亂墳荒塚中，扒開墳頭積土，掀開朽木棺材，以吸食死人的腦漿爲食，日子久了，渾身都長出慘綠和火紅的密毛來，生紅火毛的活殭屍經過千百年修煉，就變成可怖的旱魃！生慘綠毛的活殭屍經過千百年的修煉，會變成更可怖的瘟殃！

所謂修煉，就是夜晚出來害人，牠會像豺狼一樣，旋風撲來攫著走夜路的人，吸食生人的腦髓，也會隨風游盪，進入生人的家宅爲禍爲殃。想要對付這種妖物，光是鳴鑼響器，刀矛火銃還是不夠的，因爲刀矛刺牠不見血，好像刺在敗革上一樣，火銃也轟牠不倒，必得要用烏雞黑狗的血潑灑牠，用婦人月事的穢物罩牠，破除牠的妖魔之氣，然後用繩索繞纏住牠，拖牠到乾柴堆上，用烈火把牠焚化。——「殭屍鬼怕火燒」，這句流諺也許源於這樣古老荒誕的傳說吧？

傳說是一陣穿經若干世代的長風，輾轉的吹入人耳，吹進人心，人們便這樣固執的相信著了，從沒有誰認真追究過它的道理？它真實的程度？有誰親眼看過那種活殭屍的呢？人們的習慣是如此的，只要聽著就夠了！

這一夜，全鎮就是這樣的擔心著，憂愁著，在古老傳說的沉重壓力下恐懼著。

每一個更次，巡更的破銅鑼都在街巷中繞響，夾著啞啞的嗓子，叫喚著：

「殭屍鬼還沒捉到，各位街坊住戶，都得小心提防！燈火不要熄滅，家家預備響器穢物！……前門關著，後門關著，窗戶都要扣妥，孩子們要各自噤聲，不得哭鬧，看見可疑的鬼影兒，就得趕緊敲打響器，放聲叫喚，讓外間知道呀！」

不恐怖的人家，也要被這樣的叮囑弄得恐懼起來了。有些住戶硬把那些面上從容、而兩腿也在袈裟和道袍裡面打抖的和尚道人留在家宅裡，當成仙佛供奉著，指望萬一殭屍鬼出現時，拿他們去降妖伏怪；有些是幾家人合在一起，匿在一間貼上很多符咒的堅固屋子，如臨大敵似的聽著外間一切的風吹草動。有些人家買了大串大串的龍鞭，掛在屋簷下面，隔一會兒就燃放一串，乒乒乓乓壯壯膽子，每條街巷，都聽見敲鍋擂盆的響聲。

漫長的黑夜在屋外流著、流著，風在樹梢上、瓦簷間，打著尖溜溜的唿哨兒，噓……溜，噓……溜的，彷彿自鳴得意似的隱藏著什麼秘密，彷彿只有它知道那殭屍鬼藏匿的地方……

平素愛蹺縮在門窩邊，草堆旁，把毛茸茸的尾巴遮在鼻尖上睡覺的狗兒們，也被鎮上這種不尋常的異象驚得反常了，牠們也三五成群的聚在一起，恐懼又駭異的夾起尾巴，兩眼暴射出綠光，神經兮兮的朝著街頭巷尾的空裡黑裡，窮凶極惡的狂吠著，好像只有那樣，才能恫嚇住什麼……有些傳說生有陰陽眼的黑狗，不光是吠叫，而是向人們示警似的，拉長聲音，嗚嗚的哀嚎。

狗一反了常，雞啼也亂了更次，那些頭插在翅裡的公雞，一夜就沒斷過啼聲，彷彿牠們都聽過人類的——鬼怕雞啼的傳說，有跟狗兒們爭功的意思。

只有那些平常鬧窮的法師和巫人，這下子可攫住了撈大錢的機會，他們動動口、伸伸手都是錢財，忙得不亦樂乎。

相反的，最苦是苦了那些守夜捉殭屍的漢子們了，霜夜是那樣的淒寒，尖風像箭鏃似的刮透他們單薄的衫子，鑽進他們打顫的骨縫，他們篩著破鑼，緊攢著刀矛槍銃，在火把燈籠的波搖的碎光裡走動，朝四面朦朧的黝黑裡極目搜尋，終夜難有交睫的時候。

賈大伯拎著燈籠在中間照路，巡街捉鬼的那一群人，可不是又轉過來了，巨大、雜亂而奇幻的人影的上半身，在街兩邊多苔的牆壁上閃移著，拉長得打了彎變了形的一些長腿的影子，在地上搗動著，腳步聲咚咚地撞向遠處去，黑裡撞來些怪異的迴音。

幾支槍尖已經生了黃色鏽斑，槍纓呈現出乾陳的慘紅色——血跡的顏色——的原始纓槍，蛇般探首在燈籠所展佈的一束圓光當中，不停的點晃著，彷彿在等待著一場和鬼魅的搏鬥。

朱屠戶走在這群人的最前頭，如今他被那半夜奔脫的殭屍害苦了，再也不打那兩百錢守屍費的算盤了，他腰間紮著平時捆豬用的、染血的草繩，交叉斜插著兩把明晃晃的殺豬刀，他一心是火，要找那殭屍鬼出出氣。

這兩把純鋼加料製作的牛耳尖刀是他用慣了的，不論是砍蹄、斬筋、削皮、剁骨，都得心應手，鋒快無比，他自信有這兩把刀在手上，就像黑旋風李逵有了兩把板斧一樣，單獨也能鬥得了那具殭屍了。

正因爲他有這種膽子，才使他更爲光火。

他空懷著兩把快刀，卻覓不得施展的機會，那具殭屍好像存心跟他捉迷藏，一直匿不露面，使他焦灼得兩眼赤紅，額筋凸露，有「英雄無用武之地」的感覺，便常常舐舔著乾裂的厚嘴唇，罵罵咧咧的詛咒著：

「它奶奶的，妳會作祟害人，老子除非找不著妳，找著了，定要上下狠剁妳十八刀，把妳卸成碎塊兒，架上乾柴烈火燒！看罷……」

而走在這群人後尾上的狗柱兒，卻像墊在床腳下的蛤蟆，不但沒有一絲狠勁，只有死撐活捱的份兒了。

燈籠光臨到他眼前，已經很黯很黯，他歪著肩膀，像扛糧袋兒似的扛著一條剛殺掉的大黑狗，狗尾拖在胸前，狗頭倒垂在身後，不斷打著他的屁股，這已經是第三條黑狗啦。腳步跟著影影綽綽的碎光走，白天瀝下的狗血早已乾了，遍街都是斑斑的血點子，而這條狗的鮮血，都隨風掃落在他的褲子上，使他覺得褲管熱乎乎黏濡濡的，一股觸鼻的銅腥味。

如果傳說是事實，他——狗柱兒，染了渾身黑狗血的人，大可不必懼怕什麼殭屍鬼了，然而，狗柱兒自己覺得滿心仍壓著無數糾結不清的疑懼，他始終沒把那具平空失了蹤的死屍當成殭屍鬼看待，始終覺得她仍是趙五奶奶，一個平素省儉、精細、古板而小器的老婆婆，只不過差了一口氣罷了。

他也始終懷疑著昨夜的情境，他實在並沒睡著，怎麼會眨眼功夫，那死人就會不見了的？如今一傳十，十傳百，都說鬧了殭屍，那麼，那殭屍難道會隱匿到天外去，……最冤的莫過於烏雞和黑狗了，滴血在地上，當真能把那屍首引出來麼？

想，總是另外一回事兒。

他還是抱著一種原始的渺茫的希望，用他那已經喊叫得發痛的喉嚨，硬壓出那種單調的叫喚來：

「趙五奶奶，趙五奶奶，妳在哪個僻角兒裡聽見了，趕快出來！」

新鮮的狗血滴落在乾了的血跡上，像落了一街血雨一樣，狗柱兒雖還那樣一聲遞一聲的叫喚著，但他心裡那顆希望的浮泡，卻沙沙的破滅了，他聳聳肩膀，把黑狗的後腿抓緊，狗腿業已變得殭涼了，只有狗腹還留有一份毛茸茸的溫軟。

他知道，這一夜熬也算是白熬罷了。

自從傳說鬧殭屍以來，這是第七天了。

小鎮上，好像遭了一次極大極慘的洗劫一樣，家家戶戶門上掛了鎖，近乎十室九空，鎮上的婦孺老弱，為了不堪忍受夜夜驚魂喪膽的恐怖生活，都趁著有太陽的白天，成群結陣的逃到遠處去躲避殭屍去了，只留下那些精壯的漢子們，和趙五奶奶的子女家屬，仍在極度疲憊的情況裡，費盡心神的繼續找尋著那具神秘失蹤的屍首。

「唉，究竟匿到哪兒去了呢？」

找殭屍的人們，覓遍了鎮郊的草溝、蘆地、沼潭和灌木叢，搜查過鎮梢大小的庵觀寺廟，遠處所有的樹林子和亂葬崗，挖掘過好些新土堆積的疑塚，殺盡了所能覓著的烏雞和黑狗，叫啞了好幾個人的喉嚨，結果仍然是兩個字——沒有！

有個和尚又想出個主意，要趙五奶奶生前最心愛的三個女兒，披麻戴孝端篩子插著招魂旛，一路哭著喊親媽，也沒喊出個鬼影子來。

也有人大驚小怪的報說：在後邊汪塘附近的濕土上，發現了一些零亂的小腳弓鞋的腳印兒，經人用趙五奶奶的鞋子去對過，大小尺寸壓根兒不一樣。

「唉，究竟弄到哪兒去了呢？除非世上真有什麼『化骨丹』，能剎時功夫把人屍化成一灘清水，咱們沒有道理找不著她呀？」賈大伯這樣廢然的慨嘆著。

「完了！」一向狠勁最大的朱屠戶也發了軟：「再找不著這具殭屍，不能殺豬開市做買賣，我那一家老小，指望什麼吃飯？」

「光洩氣也不行呀，朱大哥，」一個叫劉二拐子的漢子強打精神說：「這鎮上，靠生意買賣吃飯的何止你一家？如今都是騎在老虎背上啦！……你想想，咱們一天不捉到那個殭屍鬼，人心一天安定不下來，誰會來趕集市？誰敢從外地返鄉？做生意跟鬼去做嗎？」

「說是這麼說，」狗柱兒憂愁地說：「您沒瞧瞧那街，沒瞧瞧咱們這夥人，像什麼樣兒了，……有誰知道那殭屍在哪兒呢？」

狗柱兒說的話夠實在的，經過這七天來的變故，小街和眼下這群人，都實在不成個樣兒了，早時尙稱繁盛的街，如今空盪盪的，門窗上、立柱上、橫木上、長廊陰影下的牆壁上，到處可見硃砂黃表紙繪成的符咒，桃枝蒲劍，滴溜打掛的鎮邪玩意兒，空在秋風裡飄曳著。

太多烏雞黑狗灑下的血滴兒乾在街心的黃土上，變成黑褐色的斑痕，那些斑痕經過日晒，全從邊緣上捲，變成許多硬塊，好像一些黑色的毒菌子。

雖說日頭仍把整條街道光照著，可是望在人眼裡，那黃黃的日光總像被一層看不見的魔霧橫隔著，使整個鎮市陷在某一種魔境裡。

人呢？只有更慘些兒罷了。

當然沒誰有功夫去照鏡子，打鏡子裡瞅瞅自己的嘴臉，可是彼此那麼瞧看瞧看，借著旁人想自己，也就差不多少了。由於過度的熬夜、緊張、猜疑、憂慮和近乎絕望的焦灼，每張臉都像被刀削似的瘦了下來，臉色焦黃，眼圈兒帶黑，眼裡血絲兒滿佈，嘴唇乾裂起皮，嘴角破爛出血，加上頭髮沒剪，鬍髭沒刮，個個都像是野獸般的土匪，渾身都是草刺、葉汁、污泥、灰土和血斑，衣衫上下，不乏撕破劃裂的痕跡，光是外形上這樣狼狽，至於感覺上的疲累、睏倦，那就更甭提了。

「看咱們這樣下去，還能撐持多久罷。」朱屠戶說：「至少有一點還使人安心的，那就是殭屍鬼出走的這七天裡頭，還沒人見她出現過，也沒聽見她害過誰。」

「對了！」劉二拐子坐在趙家院心一角的石鼓上，把抱在懷裡的紅纓槍頓了一頓說：「也許這具殭屍，壓根兒沒出過趙家的大門。」

「你……你怎麼說？」賈大伯叼著空煙袋，駭異的睜著眼。

「我的意思是說……」劉二拐子沉吟著，彷彿在費力思索著什麼：「屍首是深夜失蹤的，趙家前後門都緊緊的關著。你們要弄清楚──殭屍鬼是有形有體的蠢東西，不是無形無影、飄飄盪盪的鬼魂！牠既不會像人一樣的拔閂子開門，又不至於像飛賊那樣的翻越牆頭，牠怎能奔到門外去？」

「嗯，你說的有道理！」賈大伯說：「找你媳婦來問問看，趙哥兒，問她那夜是否是關上門的？」

「甭找了，」狗柱兒在一邊振臂說：「五奶奶死的那晚上，來看屍的人很多，他們在起更前散走，門戶全是我親手關上的。」

「那就對了！」劉二拐子跳起來指著說：「我敢說，這殭屍仍然匿在這座宅子裡，絕沒有錯，咱們前幾天光顧在外面找，全是浪費日子。」

「可是，這宅子也不是沒搜過，」朱屠戶說：「出事後就搜過了的。」

「你相信你們把全宅各處都搜遍了？」

「怎麼沒有？」朱屠戶說：「就差沒把瓦片掀開。」

「啊，劉二哥，你甭這麼說，真的嚇死人……了！」五奶奶的三女兒愛珍說：「假如我媽的殭屍就在這屋裡，我們該怎麼辦？」

「快叫後屋裡的人出來吧，三姑娘，」賈大伯說：「趁這會兒天還早，咱們再把宅子重新清一清看，再等，天色就晚了。」

「如今這殭屍只是妖物，不再是五奶奶了，」朱屠戶說：「殭屍鬼是不認親人的，妳們就是她女兒，她闖出來照樣搿妳們頸項，吸妳們腦髓。……不過妳們也甭駭怕，這宅子我清過，殭屍不會還在宅子裡面的。」

「清是清過。」狗柱兒又想起什麼來了：「我記得，只有一間房子沒搜過，那就是五奶奶生前住的那間黑屋子，對不對，朱大叔？」

「對了！」朱屠戶說：「那間屋裡太黑，堆的雜亂東西又多，我推門看過，疋是空的，就急匆匆的沒有仔細去翻搜。」

「也許就因爲你這一大意，害咱們多熬七個夜晚，」劉二拐腿說：「說不定殭屍就匿在那間黑屋裡了！……咱們先甭抬大槓，一搜就明白啦！」

「你說殭屍就在我媽生前住的那間黑屋裡？」五奶奶的大女兒群珍驚叫說：「我的皇天菩薩，昨夜我還跟兩個妹妹，藏在那屋裡躲殭屍的呢！」

「搜吧，哥兒們！」

劉二拐腿把紅纓槍緊了一緊，橫舉起來叫說：「分幾桿槍把著花窗，幾把刀堵著門戶，幾個人守著屋頂！」

「趙哥兒，你先讓你們家人全數退出來吧，」賈大伯站在後屋門口說：「他們要搜屋了！」

「來，跟媽出去，癩子乖。」媳婦在後屋當間哄著孩子。

「奶奶，奶奶，」癩子不肯走，朝黑屋裡指著哭叫說：「奶奶吃棗棗，……奶奶吃棗棗……」

「胡說！」媳婦急著打了癩子一巴掌，癩子索性一屁股賴在地上狂嚎，仍然重複著「奶奶吃棗棗」那句話。聽那五歲孩子的口氣，彷彿他真的已在那黑暗裡看見什麼一般，雖說太陽剛斜西，聽來也使人毛骨悚然的。

「甭打孩子了，」賈大伯一步跨進門來，用煙桿隔住媳婦說：「童子陰陽目，最易見鬼物，也許他真的在黑屋裡見著什麼了？」

「鑼鼓、狗血預備好！」朱屠戶在屋外調度著那些漢子，喊叫著：「火棒子多點幾支，我跟劉老二領頭進屋，狗柱兒端著狗血盆，我一喊，你就朝外潑灑！」

賈大伯卻在屋裡蹲下身，哄著癩子：

「你說，乖孩子，你見著奶奶了？」

「癩子你說，」媳婦也哄著：「說了給糖你吃。」

那孩子點點頭，伸手朝黑屋的高處指著，還是重複著那句話：「奶奶吃棗棗。」

黑屋的門是開著的，房門簾兒自從被胡三嬸撕脫後，並沒再裝上，故此一眼能望得見屋裡那些在陰黯中放列著的老古董：妝臺、菱鏡、銅包角的大箱子、大站櫃、小几、多年沒用的子孫燈，……賈大伯雖說上了年紀，眼力略爲差些，又是打明處去望暗處，但這些傢具，他都還能模模糊糊的望得見，再朝上望，就覺黃糊糊的看不分明了！一直等到朱屠戶一手捉著火把，一手掄著殺豬刀進屋，他才藉著火把的光亮，看見他要看見的。

「甭搜了，」他叫住朱屠戶說：「你瞧，朝上瞧，趙五奶奶的殭屍在那兒了！」

朱屠戶仰臉一瞅，登登朝後退了兩三步，轉臉朝外吼說：「都來吧，殭屍在這兒，找著了！」

隨著他這一聲吼叫，一鬨湧進了滿屋子的人，都把刀矛槍銃衝著那間黑屋。神秘失蹤了七天的趙五奶奶的屍體，終於在六七支火把的光亮中呈現了。

那真是使人難以相信的事情。

在黑屋中高高的橫樑上面，靠著一面山牆，橫有一塊丈多長、尺來寬的吊板（一如現代屋宇中的壁架，放置雜物、書籍之用），那吊板還不知是多少年前釘掛在那兒的，吊板本身的顏色，正跟屋裡黝黯的光線相若，——一種煙薰火烤的黑褐色，上面盡是牽牽連連的蒙塵的蛛網，牽的掛的都有，若不是有火把的強光照耀著，極不容易發現接近屋頂的地方，還有那麼一塊吊板。

而趙五奶奶的屍首，竟然端端正正，盤膝趺坐在那塊吊板上面。也許因爲殘秋天寒，經過了七天，屍首像是還沒腐爛的樣子，臉還那樣瘦削，兩眼幽光外射，直瞪著人，一隻手臂垂著，另一隻反向上彎，手指間緊揑著一顆很紅很大的蜜棗，湊在她那癟咧咧的嘴唇上，雖說並沒吃著，也有那麼點兒欲吃的意思。

有人估計過，趙家後屋足有一丈八尺高，那吊板離地面至少也有一丈二尺高，除去像五奶奶這種殭屍能不用梯子硬攀上去，就換是年輕的漢子，也只有瞪眼望著罷了！……殭屍是找著了，雖說她見了人，並沒如傳說那樣的直撲下來，但那付目光灼灼照人的樣子，也嚇出人一身的冷汗。

「她是怎麼上去的？真是——」

「她仍是一具殭屍！」有人提醒說：「先甭問她怎麼上去的，單看咱們怎樣弄她下來罷。」

「朝上先潑她一盆狗血！」朱屠戶說。

狗柱兒一抖手，一盆狗血潑上去了。

趙五奶奶的屍首沒有動，——她早已又殭過去了。

那殭屍最後還是由朱屠戶爬梯子上去揹下來的，幹這種事情，要有極大的膽力，當然趙哥兒也付出了極大的代價，——十塊沉甸甸的銀洋。不過自稱膽大的朱屠戶，後來一連害了三個月的大病，搬離小鎮到別處去了，狗柱兒也受僱去了外鄉。

根據殭屍鬼怕火燒的傳說，趙五奶奶的屍首，是放在十字街頭空場子中間的一堆乾柴上，當眾焚化了的，逃避到遠處去的鎮上的婦孺們，多曾趕回來，目擊那種破天荒的葬禮。要知道，在盛行著裝棺土葬的北方，火葬是非常新奇、非常罕見的事情。除非遇到像趙五奶奶這種殭屍。

按理說，故事講到這裡，就該結束了！這樣淒慘、恐怖、鄉土迷信色彩極爲濃烈的精采故事，在鄉野傳說中是很多很多的，但我並不滿足於照本宣科的這樣的描述，我要說的是：在趙五奶奶坐著的那塊吊板背後的壁上，有個很小的老鼠洞，洞口還有四顆棗核兒，——這都是朱屠戶揹屍時沒曾看見的。

還有，那夜朱屠戶曾因酒醉，跟趙五奶奶的屍首開了個小玩笑，把一顆棗兒塞在她手裡，又彎起她的胳膊，使那顆蜜棗湊在她的嘴唇上，這事，他後來忘了講，又使鎮上多了一種新的傳說，說是趙五奶奶死後還捏顆蜜棗吃，媳婦更作證說：

「蜜棗是嵌在倒頭飯上的，一共十三顆，她手上捏的是第三顆，還有兩顆，叫死人連核兒都吞下去了。倒頭飯的蜜棗我數過，的的確確還賸十顆，少了三顆。」

你不信麼？信的人可多著咧！

另有一種傳說是馬二娘講出來的，她說：

「火燒趙五奶奶的時刻，我站得最近，我聽見那殭屍在火焰裡面吱吱的直叫！」

我得明白的承認，馬二娘的耳朵很靈，她聽見吱吱的叫聲也是沒錯的，只不過她沒從炭灰裡撿過一隻焦糊的老鼠！我有理由相信，那偷吃過四顆蜜棗的大老鼠，把牠的新窩搬在趙五奶奶的壽衣裡。

你們愛聽中國北方鄉野上的傳說麼？

我當然可以把那些傳說娓娓的告訴你們，不過，同時也要告訴你們，那些古老的傳說，多半都是這麼來的。

呆虎傳

一千多年前，黃河奪淮，有一股水溜掃過黃淮平原的北部，經北六塘河入海，留下很多金光閃閃的沙灘。在北六塘河的支流——五丈河的岸邊，沙裡橫擱著一條形式古老，業已腐朽不堪的木船，當地的人，都管它叫流民船。相傳那是宋家先祖，乘著它從中州地帶，一路漂流到這兒來的。

沒有誰懷疑那種傳說，因爲流民船埋沙的位置，正在宋家莊的莊口。宋家的族人們，爲紀念先祖的播遷繁衍，更在那條船的後面，集資蓋了一間小廟。小廟蓋得很寒傖，比一般的土地廟大不了許多，但它卻標示出宋家這一族人不忘根本，追宗慎遠的胸懷。

他們隨洪水遷移新地的先祖們，怎樣在新地上艱辛創業的事蹟，已經遠得不能查考了，但在以後的日子裡，他們的後世子孫，卻活得並不順遂。這兒的灘地肥沃，又地廣人稀，多少年來，人禍多過天災，尤獨遇上荒亂年成，大批的盜匪紛沓而來，縱火搶掠，無所不爲；當地許多村落，幾乎都被火毀過多次，宋家莊自不例外了。

爲了抗禦盜匪，這一帶的人很自然的養成了尙武的習俗，各姓的宗祠就成了武館，由族裡集資延聘武師來擔任教習，在農忙之餘，教村裡的漢子們耍槍弄棒，演練拳腳。久而久之，當地的農戶，人人都能耍幾趟刀，打幾路拳，雖不算是登堂入室，至少，對禦匪防身這方面，起了很大的作用，一般盜匪，入侵這些村落，多半鎩羽而歸。

但有一年，情勢起了變化；有個大海賊的頭目叫雷天龍的，他長得孔武有力，身材碩壯，一身武技，更是精嫻無比，他帶著他近千的徒眾來搶劫五丈河一帶，和當地的陸、臧、宋、陳、汪五個族組成的聯莊會，在五丈河的河灣沙野上，展開一場血戰。那些海賊的武術，強過當地的農戶甚多，雷天龍的一把鬼頭刀更是威猛，一戰之下，就把聯莊會佈成的陣勢衝破了。

雷天龍分別襲破了五丈河沿岸的幾十個莊子，擄走了上百的婦女，大批的牛羊牲畜和存糧。尤其是緊鄰河岸邊宋家莊，損失更爲慘重；村舍被海賊縱火焚燒，幾百男丁全橫屍郊野，賊退後，村人收屍入葬，一片驚天動地的哀哭聲。

經過這場搶劫，五丈河一帶的人，這才發覺他們早先所聘的武術教習，只是徒擁虛名，所教授的武術，也只是江湖上的花拳繡腿，敵不得硬扎的對手。他們得要重新聘請名家，教出幾個資質好，有秉賦的，能敵得雷天龍的人物來。

論起北地各縣的武館，首推銅山最多，銅山的各武館，又推武師秦少陽爲泰山北斗。宋家莊的人在遭遇慘變後，決心不惜重金，央懇秦少陽來莊教授拳腳。秦少陽經宋家莊族長宋實甫老爹的一再懇邀，終於騎了牲口，到宋家莊來了。

他在宋家族人的歡宴席上說：

「雷天龍是個極兇悍的海賊頭目，一把鬼頭刀，橫行南北。兄弟跟他一向井水不犯河水，也從沒會過他，兄弟的拳腳武技，是否勝得過姓雷的，連兄弟自己也不敢說。不過，俗話說得好：受人之托，忠人之事，兄弟只能盡力而爲。……但武術功夫，不是一朝一夕就能談得上成就的，人說：師傅領進門，修行看各人。我只能說是指點門徑罷了。」

秦少陽留住在宋家祠堂裡，挑選一些精壯的漢子，教授拳腳。每當他在空場子上教人練武時，旁邊總站著一個楞頭楞腦的半樁小子，歪著頭，半張著嘴，出神的看著。那小子年紀不過十三四歲，但個頭兒長得和成人差不多高大，一身上下，穿著得極爲襤褸，一頭亂髮結成油污的髮餅兒，滿臉都是泥灰，彷彿從來沒有洗過。

「這孩子是誰家的？」秦少陽向宋實甫說：「怎麼沒讓他來學拳腳呢？」

「您說呆虎兒，他也能學拳腳嗎？」宋實甫說：「他是後莊頭老宋三的兒子，他爹早些年裡，劈柴火時，斧頭掉了頭，飛在他自己的腦門上，把他自己給砸死了，二年他媽也死了，他成了個小苦命。如今替他堂叔放牛，……他連公牛母牛全分不清楚，人都管他叫呆虎兒，我看他就是不能練拳腳的，天生放牛的料子。」

「也不盡然，宋老爹。」秦少陽說：「世上也有不少渾人，練就一副好身手的。這孩子並不呆傻，只是心竅開得晚罷了。他的身材，骨膀，倒是極好，若是得人專心調教，一樣練得出來的。」

「您要真肯花時間調教他，那就好辦了，」宋實甫說：「我跟他堂叔說一聲，要他到祠堂做雜工，不要再牧牛了，他住在這兒，你教他也方便。」

事情就這麼簡單說定了，沒幾天，宋實甫就著人把呆虎兒領到祠堂裡來充當雜役啦。秦少陽把他叫喚到面前，問了他好些話，正如他所料的，呆虎兒並不像他外表那樣呆傻，只是沒讀書識字，說起話來，直通通的，粗野不文罷了。

呆虎兒初跟秦少陽學拳腳，笨笨拙拙的，並沒顯出過人的地方，但他有個好處，那就是練得很勤，學得很認真，凡是師父所教的一拳一腳，一招一式，他都要踏實的反覆演練，直到純熟為止。

秦少陽來到宋家莊之後，五丈河一帶的情勢平靜下來，海賊和大股旱匪，都沒有再出現過。一般的農戶，紛紛拾起犁耙，忙起農事來，對於耍刀弄棒，勤習拳腳的心，很自然的就一天天減淡了。按起還能到祠堂去練武的人數，業已朧不到十個人，秦少陽並不嫌人數少，仍然很賣力的教授他們。

「我早就跟你們說過，」秦少陽說：「練武沒有旁的訣竅，一個是專心，一個是耐力，但凡專心又有耐力的人，一定會練得出來。不要看眼前平靜無事，總有一天，你們會用得著它的。」

話雖說得很有道理，但農戶們眼光短淺，似乎只看到眼前的日子，臨到農忙季節，祠堂裡更顯得冷清了。秦少陽看到這樣的情形，便對宋實甫老爹說：

「感謝老爹的盛情，把我由銅山邀的來，依目前情形看，貴莊已不需我再留下去了，人說：無功不受祿，我不能接受貴莊的乾俸……我打算最近就回到銅山武館去，那邊長期由徒弟們照料，也不是辦法。」

宋實甫是個老實人，一時也想不出什麼話來留他，倒是秦少陽提起來說：

「說實在的，宋老爹，論起練拳腳，貴莊的子弟的資質，多屬平常，即使練了三年兩載，也談不上有什麼成就。只有呆虎這孩子，若是有人加意培植，他日後必會有不凡的身手。假如老爹您能答應把這孩子交我帶回銅山去，我自當盡力調教他，只要他能學成回莊，你們就不必擔心雷天龍那股海賊了！」

「您肯收留呆虎兒，算那傻孩子有造化！」宋實甫說：「這宗事，我這當族長的，當得家，作得主，這就叫他來跟您叩頭，幫您收拾行李吧。」

秦少陽辭館回銅山，旁人沒帶，偏把呆頭傻腦的呆虎帶回去，這件事情太出人意外了，以致他們走後，莊上的人還紛紛議論著。

「你們也不要把呆虎兒看扁了！」宋實甫以族長的身分，說了幾句公道話說：「俗說：人不可貌相，海水不可斗量。人家秦武師有眼光，有見識，單單挑中呆虎兒去習武，想必有他的道理在，焉知三年五載之後，呆虎兒不會高人一等，替咱們族中增點光采，添些臉面?!」

經過族長這樣一說，議論便逐漸的平息了，大家反而抱了一點希望，希望呆虎兒日後真能學得一些功夫，替族中揚眉吐氣。

由於宋家這一族，是在洪水期遷來的外地流民，他們的祖先，在五丈河沿岸拓荒墾土，人丁繁衍旺盛，很使當地的幾族人嫉妒，平常也盡力欺壓他們，其中陸、臧兩族，不論人丁和財勢，都不是宋家族人能比得了的。宋家族裡，大多都是莊稼漢子，忠厚老實，不懂得權謀詐變。而住在陸家灘的陸家，有的在外為官，有的是霸氣十足的土豪，魚肉鄉里弄慣了的；住在臧家嘴的臧家，出了兩個鐵筆訟師，一個長袖善舞，一個最會歪纏；宋家人遇上他們，也只有吃虧的份兒。朱家族人裡，文也沒掙得功名，武也沒出人頭地，一連好幾代都忍氣吞聲過日子，當然渴盼族裡能出個隻手撐天的漢子了。問題是，他們仍然不敢相信那個人物，會是傻不楞登的呆虎兒。

日子流轉著，日子是平板單調的，轉眼幾年過去了，跟著秦少陽到銅山武館去學拳腳的呆虎兒仍然沒有回來。

那年夏季，烈日當空，久旱不雨，五丈河沿岸，乾得浮沙成河，起風時一片塵煙，只有河心還有一線潺潺的餘水，可以略舒苦旱。不過，這道細流流到陸家灘時，陸家的族人卻挑土擔沙，築了一座攔河壩，蓄水斷流，把水頭給攔住了。

陸家的族長陸振豐是個極橫霸的人物，他有官字排行的子姪輩十三人，一個個都生得橫高豎大，孔武有力，而且都是練武的。遇上任何事情，這十三個漢子朝前一站，足令對方望之生畏，所以附近各鄉鎮的居民，畏之如虎，都管他們叫陸家十三官。陸振豐依仗他族中這批年輕的打手，更加專行獨斷，目中無人啦。

這種蓄水斷流，一味利己的事，陸家灘的人早先也幹過。他們遇上水澇季節，會破壞另一岸的堰堤，或是環著他們的灘田築壩，使大水淹到別處去；遇上苦旱年成，他們就修築攔河土壩，蓄水灌溉自己的田畝。他們這種做法，對於位居上游的陳、臧、汪三族的影響較小，最受其害的，就是宋家莊了。

忍氣忍慣了的宋家莊族人，早先曾經遇過這種情形，但當時的旱災並沒有眼前這般嚴重。田裡的莊稼已乾得奄奄一息，再沒有雨水浸潤，或是引水灌溉，這一季的收成就完啦，一季收成損失是另一回事，莊子上的人畜飲水都快斷絕了。陸家人不顧下游的危困，悍然截斷水頭，這明明是要把宋家一族推入絕境，人有一口氣在，任誰也忍受不了的。

宋家的祠堂裡響了鑼，族長宋實甫把全族的漢子都召聚起來商議。族裡年長執事的長輩，共有宋大眼、宋二扁擔、宋宜甫、宋禿子等五六個人，他們一個個都激憤的吼叫著，要拉起人來，去跟陸家拚命。

「人是一口氣，佛是一爐香，」宋大眼說：「陸家築壩斷水，逼得咱們走投無路啦！這口氣不爭，怎麼能在世為人?!」

「對！」一直擔任著族裡莊會頭領的宋二扁擔說：「咱們不打姓陸的，只有死路一條，雖說他們人多勢眾，但抵不上咱們一心拚命，目前之計，只有動武，先毀掉那座攔河壩，把水放下來再說。」

「陸振豐欺人太甚，咱們當然不會輕易低頭，」宋實甫老爹說：「咱們族裡，一向講究和平處世，我相信頭頂有天，腳下有地，人間就有道理在，陸家族裡再強項，一腳也踏不碎一個理字！我主張先理後兵，由我先找陸振豐去講理，理講不通了，再打也不遲。」

「老爹，您該明白，跟陸振豐那種人講理，您算是嘴上抹石灰——白說，除了浪費吐沫星兒，一點用也沒有的。」宋宜甫說：「您又何必繞這個彎兒呢?!」

「話不是這麼說。」宋實甫老爹說：「動武流血，非到萬不得已的時刻，決不能輕率將事，就是臨到動武的辰光，也不能一聲吶喊，大夥兒掄起傢伙就朝上湧。盲目拚鬥，總是要吃虧的，就算是繞彎兒呢，我也願意繞一繞，如果陸家不講理，咱們是師出有名。」

族中人聚議的結果，還是採納了族長宋實甫的意見。一方面推舉宋宜甫跟隨族長，騎牲口去陸家灘，找陸振豐講理；一方面由宋二扁擔召集全族精壯，準備萬一講不通，就拉出村子，和陸家族人械鬥。

據宋二扁擔的估計：宋家莊能上得陣的男丁，約有三百多人，而陸家灘能出動八九百人，雙方人數，陸家一族整整是己方的三倍，對方除了人數佔優，那十三官的拳腳武藝，也不是宋家族人能對付得了的，要想打贏這場架，正如宋實甫老爹所說，不是盲目拚鬥就行了的。如今，且不論宋老爹去說理的結果如何，他得要事先準備，及早籌謀。萬一這一架打敗了，那宋家一族，就無法待在莊裡乾熬下去，非得暫時遷離旱區不可，拋開田地家宅流浪在外，這損失可就太大了。

宋二扁擔當初是幹挑伕出身，他跟宋禿子兩個，都有一把力氣。廿多年前，他在宿遷山裡替人挑石灰石，那兒挑伕有幫口，欺他是外地人，問他憑什麼樣的本領要搶這行飯吃？宋二掂掂他手裡的棗木扁擔說：

「不憑旁的，就憑我手裡這條扁擔！」

「怎麼樣？想打架嗎？」

「不打架！」宋二說：「打架幹什麼？我是來找活幹的，還不想打人命官司呢！」

「那你想怎樣呢?!」當地的挑伕頭兒說：「你想拿這條硬扁擔充屌？……這兒可不是你用武之地。」

當地的一群挑伕，都咧開嘴來，笑成一片。

宋二也不說話，解開麻索，抱起大塊的石灰石放到頭號的籮筐裡去，直到兩隻籮筐完全裝滿，估量著約有八百多斤，這時候，他把扁擔一橫，搀上繫子說：

「幹挑石頭的活計，只要靠一把力氣就得了，你們在這行上幹得久，我只是個生手，正要藉機會討教討教，哪一位能挑得起這個擔子，走上三十步地，我宋二拍屁股就走，絕不再吃這行飯啦！」

當地那個挑伕頭兒五短身材，渾身結壯得像是一隻石鼓，人們送他一個外號叫杜大蟲，形容他像一隻老虎。論起力氣，他不但在挑伕這一行裡出頭漏尖兒，就是在縣城裡面，也很少有人比得上他。他看宋二裝了滿籮筐的石頭，便笑笑說：

「姓宋的，你這是在嚇誰？你要存心顯本事，你就自己把它擔起來，走給咱們瞧瞧。」

「那當然。」宋二說。

他一面說著，一面跨步蹲身，扁擔順上肩膀，一挺膝，一伸腰，就把那兩籮筐的石頭挑了起來，沿著山腳的小路，來回走了百十步地，然後，把擔子輕輕擱放在那群起鬨的挑伕面前說：

「兄弟業已獻過醜了，這就看諸位的啦！」

除了挑伕頭兒杜大蟲，那群挑伕裡面，也還有幾個身長力大的，他們看見宋二能不費力的挑起那擔石頭，便自以爲能挑得起了，輪流上去一試，臉都驢長下來啦；他們甭說把籮筐挑起來走動，連把擔子擔得離地的能耐都沒有。

最後輪到杜大蟲，他算是勉強挑起了擔子，掙扎著走了兩三步地，便蹲身卸擔說：

「宋二爺，您扁擔上顯功夫，咱們服了你吶！您就做這一行的老大吧。」

從那時起，宋二扁擔的名氣便響亮起來，他的堂兄弟宋禿子，幫忙他開碼頭打天下，兄弟倆都以力大勇猛聞名。所以，他們帶領的宋家的莊會，在人數上雖然不多，但也異常精悍，除了曾栽在海賊雷天龍的手上之外，還沒吃過旁人的大虧。

「好漢不提當年勇，」宋二扁擔對宋禿子說：「你我都已經過五望六的人了，儘管心裡還有一股豪氣在，但年歲不饒人，叫我掄起扁擔上陣，不會再像早年那般靈便了！可惜這些小年輕的，沒有耐性打熬力氣，苦練拳腳，論起身手，還沒有誰比得咱老哥兒倆的，這回要跟陸家械鬥，有誰能擋得十三官呢？」

「我倒有個主意在這兒，」宋禿子說：「要是實甫老爹跟他們講不通，咱們就分出一撥子人去毀壩，陸家得著消息，必會聚合莊會，拉出來和咱們打鬥，這時候，毀壩的人邊打邊退，趁黑把他們引到咱們莊外的灘地上來，咱們事先設下埋伏，以逸待勞，勝算就大得多了。」

他們剛剛的計議著，到陸家灘找陸振豐講理的族長宋實甫和執事宋宜甫兩個，就已經臉色沉重的回到莊上來了。沒等莊上人問話，宋實甫就怒勃勃的說：

「話已說絕了，陸振豐根本不可理喻，逼得咱們除了動武之外，沒有第二條路可走。二扁擔，你就聚集莊會，準備毀壩放水，跟他們玩硬的好了！」

二扁擔趁著起風的月夜，要宋禿子領了五六十人，一路潛行，到五丈河上游去毀壩，自己率著將近三百人的大隊，在河口流民船附近的海泓裡埋伏著，等待陸家灘的人追過來時，先發弩石，再湧上去圍毆。

陸家強築攔河壩，也知道宋家莊的不會甘休，河邊搭了棚屋，設有值更守壩的，約妥遇有動靜，吹角爲號，莊會便可儘快拉出來接應。宋禿子領著人，悄悄的先把對方值更的放倒了，然後動手毀壩。陸家灘的陸振豐，直至三更過後才得到消息，等他把莊會拉出去，土壩業已被毀，蓄水都流出去了。

「好！咱們跟宋家沒有完了！」陸振豐說：「咱們追下去，搗爛他們的莊子，也給幾分顏色給他們看看，讓他們知道，姓陸的是惹不得的。」

陸振豐仗著人多勢眾，以及十三官的慓悍，一路上，搖著火把直追下來，追到宋家莊的莊外灘地上，忽聽四周角聲大作，弩箭和飛石，密密的激貫過來，緊接著，對方也亮起火把，殺喊連天的朝捲殺過來了。陸家灘的人驟然遇上埋伏，慌亂中吃了些虧，但掩殺上來的宋家，在人數上並不算多，他們還能勉力支住，雙方便在搖曳著的火把的光亮裡，糾纏成團，拚命滾殺起來。

這一場血鬥，是像激烈的蟻戰一般，從四更天打到天光大亮，雙方都沒佔著便宜。在陸家灘這方面，由於宋家莊人伏兵突襲，陸振豐傷了胳膊，十三官裡，也有四個人先帶了傷，一場血鬥下來，他們死傷了近兩百人；在宋家莊這方面，宋禿子被對方圍殺了，宋二扁擔那條棗木扁擔，鼓足勁舞著，和十三官裡的五六個漢子纏戰，但他究竟上了年紀，而且有前眼沒後眼，終於被人打傷後腰，抬回莊裡去了。

當雙方的人紛紛死傷躺下時，宋家莊的先撤回莊子裡去了，陸家灘的爲洩餘忿，縱火燒掉那座小廟和那條半埋在沙裡的流民船，並且高嚷著：要宋家莊的滾離五丈河。

若按一般情形來說，陸宋兩族爲爭水交惡所行的械鬥，一時還不會了，但他們都沒料到半路殺出個程咬金來，——雷天龍那股海賊，又一路捲劫上來，屯到陸家灘對河不遠的地方來啦！

陸家吃過海賊的大虧，曉得雷天龍的厲害，一時無法重新築壩攔水，對付宋家啦。宋家莊的人剛剛經過械鬥，元氣虧損，聽說海賊捲土重來，也戰戰兢兢的力圖自保，無法再找陸家，報復小廟和流民船被焚的仇恨啦！

正在五丈河一帶人心惶惶的時刻，有個身材魁梧的年輕漢子，騎著一匹毛驢，驢屁股旁邊，繫著個小行李捲兒，到宋家莊來了。

起先，莊裡的人還很奇怪，這個陌生漢子是打哪兒來的？會不會是海賊雷天龍差出來的眼線？因爲那漢子戴著一頂寬邊的大竹斗篷，生著一圈兒又濃又黑的落腮鬍子，高捲袖管，露出碗口粗的胳膊，皮膚醬紅色，滾動著健實的肌球。

「列位大叔大嬸兒，你們不認得我啦？」那漢子掀開斗篷說：「我是跟秦大爺去銅山的呆虎兒呀！」

經他這麼一提，大夥兒才認出他來，幾年日子過得快，不覺著似的，呆虎兒業已長成大人了，他比村裡的宋二扁擔的個頭兒還要高大壯實，又留起一圈落腮鬍子，無怪村裡的人都不敢認他了，等他說出他的名字，大夥兒才從他的眉目間仔細辨認出他來。他還是一副憨傻的樣子，也許在銅山那個大碼頭待久了，說話比早年要宏亮開朗，傻氣也就減了兩分啦。

「嗨呀，呆虎兒，」宋大眼上去拍著呆虎兒的肩膀說：「你晃眼去了幾年，沒想今天居然回莊來了，前幾天，你實甫老爹還在惦著你呢。」

「大眼叔，莊口怎麼變了樣兒啦？」呆虎兒說：「小廟和那條老破船，都被燒毀了。」

「甭提啦，那是陸家灘人燒的，前夜在莊口跟他們起械鬥，你宋二伯的後腰帶傷，你禿叔也死啦！」宋大眼說著，又把陸家截流斷水的事說了一遍，最後他說：「陸家這筆帳，先擱著日後再說。如今，海賊雷天龍又捲土重來，屯在五丈河對岸，看樣子，他們又要捲劫這一帶的村落了。你回來得正是時候，莊會要人領啊！」

「不要緊，」呆虎兒說：「我去見過實甫老爹再說，無論如何，得要先退海賊，不能讓他們把莊子捲空。」

呆虎兒去見族長宋實甫去了，但聚在村口的一群人還是不能安心。看樣子，呆虎兒雖然長得拳大胳膊粗了，大夥兒也都知道他跟秦武師學了幾年的拳腳，但他總是一個人，能否抗得那股海賊，誰也不敢相信。當年雷天龍初犯五丈河，宋家莊集聚的莊丁有五百人，結果仍沒擋得住，如今，莊上能聚起的莊丁，只有一百七八十人，力量更見單薄了，呆虎兒再強，他能隻手撐天嗎?!

不過，臨到這種緊迫的時辰，不安心也沒有旁的辦法可想，只有把希望繫在呆虎兒的身上了。

海賊雷天龍涉過淺河先撲陸家灘，和陸家灘的莊丁鏖殺了整天，陸家的一族抵擋不住，向北面的臧、陳、汪三個大莊求援，但那三族懾於海賊勢大，不敢再把莊丁拉出莊去，重蹈覆轍，只管關緊柵門，緊守他們自己的莊院。陸振豐帶著人，苦撐到黃昏時分，陸家灘的六七個村莊就被海賊搗破了。陸振豐和他的子姪，帶著兩三百莊丁，護著部份婦孺和牲畜箱籠，棄村朝南逃，繞道宋家莊，希望拿宋家莊做一面擋箭牌，把雷天龍這股追兵吸住，好讓他們能夠逃脫。

「咱們只能撐一天，我估計宋家莊只能撐半天。」陸振豐對他兒子陸姚官說：「咱們遇上海賊，吃了虧，也不能讓宋家撿著半點便宜，海賊退走後，宋家賸四兩，咱們依然重半斤。」

「我說爹，臨到這辰光，甭再記恨宋家啦！」陸姚官說：「築壩斷水，原是咱們理虧，要不是跟宋家鬧氣動武，聯手擋著海賊，也許情形會好得多。這話如今再說也沒有用，咱們能逃得命，業已算好的了。」

陸家灘的人敗了過去，海賊頭兒雷天龍追至宋家莊的莊口，果然停住不追了，他指著宋家莊說：「算他陸振豐腿長，咱們先把宋家莊捲掉也是一樣。兄弟夥，替我遞話進去，不用打，要他們錢財糧食，替咱們送出來好了！」

在雷天龍眼裡，五丈河一帶，要數陸家一族的人丁最多，勢力最強，陸家都抵擋不住，旁的村落，根本無須乎再費力氣；他只要丟下一句話，就會壓得他們闔族彎腰，宋家莊的人，難道還敢硬抗嗎？

遞話的頭目把話遞進去，出乎海賊意外的，莊裡竟有人回話說：

「你告訴雷天龍，宋家莊錢財糧食，有的是，他想拿，得要憑本事，我呆虎指名叫陣，要單獨會會他！」

遞話的照實向雷天龍回話時，雷天龍先是怔了一怔，並沒生氣，過了一會兒，才笑起來說：

「宋家莊原是貓窩，怎麼會憑空跳出呆虎來？說大話，嚇旁人可以，再怎樣也嚇不住我雷天龍，就算他是一隻呆虎吧，呆虎怎能鬥得過我這天龍?!……你們告訴對方，我單獨領著他，來一場龍虎鬥試試，我若是三招不降住他，不動他宋家莊一草一木，拍屁股就走！」

話再遞進去，宋家莊的柵門開了，十來個莊丁簇擁著一個光頭赤腳，滿臉落腮鬍子的大漢來，那人穿著破短褸，半截褲子，開敞著懷，腰裡勒著寬兜肚兒，一身的筋肉滾動著，好像在他皮層下面，追逐著一窩老鼠。

「誰是雷天龍?站出來讓我見識見識！」那漢子說：「我要瞧瞧他究竟是什麼東西變出來的？」

「大爺就是雷天龍。」雷天龍閃出來，站在平坦的沙地上說：「你就是呆虎？」

「不錯。」呆虎說。

「你哪是呆虎？」雷天龍說：「依我看，你只是個呆貓傻鳥。在五丈河一帶，還沒聽說誰敢對著我指名叫陣的，除非你活得不耐煩了。」

「照你這麼說，我只好認命了！」呆虎說。

「我說過的話就算數，」雷天龍說：「你若能在我手下挺得過三招，我就不捲宋家莊了！」

雷天龍說著，喚人遞上他的兵刃——那柄鬼頭刀來，掄了一掄說：「你的兵刃呢？」

「我師父沒告訴我該用什麼兵刃，」呆虎說：「我就用兜肚兒吧，這玩意兒軟的，——我不想要你的命，說實在的。」

說著，他果真解下他腰眼勒著的兜肚兒來，單手握住兩頭，立了個門戶說：

「請吧！」

雷天龍有些發楞了，他摸不清這呆虎兒是真呆呢？還是狂妄託大？鬼頭刀的刀身足有兩尺七寸長，還不連刀把兒，對方的兜肚兒卻是粗布做成的，無論如何也擋不住鋒利的刀鋒，這不是找死嗎？他幹海賊的首領多年，捲州劫縣，縱火傷人的事不知幹過多少，但這一回，他卻存心不願殺死對方了。他掄著刀，潑吼一聲，先耍個盤花蓋頂，突然手臂一沉，一刀朝對方直劈過去，嘴裡說：

「這是第一招了！」

這時刻，站在圩崗上觀看的宋家族人，無不替呆虎兒暗捏一把冷汗，雷天龍刀沉力猛，招法純熟，那柄寒光閃閃的鬼頭刀直劈而下，疾如閃電，激盪生風，真不知使用兜肚兒的呆虎怎樣招架得？

誰知呆虎兒並不慌忙，用手一撩兜肚兒，身子一晃一閃，就避過了刀鋒；雷天龍並非等閒的人物，一見對方閃晃身法如此奇奧，便一擰手腕，中途變招，趁著對方閃身立腳之際，飛快的橫削過去，呆虎兒又把兜肚兒朝上一撩，打在鬼頭刀的刀身上，這輕輕一觸不怎樣，雷天龍卻覺得有一股暗勁，使他橫劈的刀身上浮，呆虎兒順勢一蹲身，刀鋒便從他頂際掠過去了。

雷天龍一刀劈空，呆虎兒手裡的肚兜，卻有意無意的撩中了雷天龍的膝骨，看來只是輕輕的一拂，雷天龍卻覺得又疼又麻，幾乎站立不住，登登的朝後倒退了三四步，抬眼再看，呆虎兒還傻笑著，站在原地，彷彿根本沒有動彈。

「好小子，你這是什麼路數？」雷天龍說。

「說來不好意思，——這是我平常打狗用的。」呆虎說。

雷天龍半輩子闖蕩蘇魯，從沒被人奚落過，做夢也沒想到，在宋家莊口，竟然吃了這個呆虎的暗虧，當時怒哼一聲，鬼頭刀一擺，使出一套連環刀法，刀光把呆虎兒罩住了。他以為適才自己吃虧，只是湊了巧，憑真本事，硬功夫，這個年輕多鬍髭的漢子，決非對手，若能打敗他，也好在自己手下人面前，討回丟掉的臉面。

他這趟連環刀，快速綿密，遇上一般的對手，好像一帖萬靈膏，但這回用來對付呆虎兒，竟然失了效驗了。呆虎仍然撩動他的兜肚兒，東一撩，西一撥，借著他的力道，消了他砍劈的路數，使他砍非所砍，劈非所劈，這張刀雖握在自己的手上，卻處處聽了對方的指使，雷天龍這才覺出，對方高出自己太多，再鬥下去，非但佔不著半點便宜，更要丟大臉面了。

「好，呆虎兒！」他收住刀說：「算你真有點兒能耐，連破我兩招，我放過宋家莊，看在你的份上！」

「嘿嘿，」呆虎兒笑說：「照這麼說，我還欠您一招沒接，日後有機會，巴望您隨時過來，我呆虎等著領教您就是了！」

呆虎兒說這話時，雷天龍是漲粗頸子、紅著臉退走了的，宋家莊的人，雖親眼看著，也不知兩個人究竟是誰輸，誰贏？無論如何，他們覺得呆虎兒兩招逼退了海賊頭兒雷天龍是事實。當海賊橫捲五丈河沿岸各村落的時刻，唯有宋家莊不損一草一木，呆虎兒替宋家族裡掙得的光采，實在夠大的了！

海賊退走後，呆虎兒的名聲，便在眾多誇張的傳說裡被播揚出去了。陸家灘的人，連平常橫霸的陸振豐和他的子姪十三官在內，也懾於呆虎的名頭，噤若寒蟬，不敢再築壩斷水，向宋家族人挑釁啦。

而呆虎兒並沒覺得他怎樣了得，他只是聽族長實甫老爹的交代，接了看守祠堂的差事，閒下來教村人們耍槍弄棒，練練拳腳，像當初他師父秦少陽所做的一樣。

那年海州府開武科，通令各縣選拔武秀才，這消息傳到五丈河，各村各族的人都紛紛議論著。因爲這一帶地僻民窮，攻書入塾的人家太少，應文試，中舉的太少了。而武科並不常開，通常是遇著災荒頻仍，盜賊紛起的年頭，官裡需要通武術、善捕盜的能手，藉著武科擢拔一些人才，領導地方的鄉丁屯勇，對敉平匪患大有幫助。官裡有這種想法，而民間一些練武的人，也都想在武場上博取功名，中了武秀才，就有武官可幹，若是中了舉，門前一樣豎旗桿，耀祖榮宗。

當這消息傳到宋家莊時，族長宋實甫便想起呆虎兒來了！他著人到祠堂去，把呆虎兒傳喚到面前，對他說：

「呆虎兒，今年各地開武科，選秀才，這正是你博取功名的好機會。以你這身力氣，這套拳腳，既能退得了海賊雷天龍，考上個武秀才，應該是意料中的事情，等我把開場的日子打聽清楚，你就到縣城應考去吧。」

「老爹，您吩咐的，晚輩應當照辦。」呆虎兒說：「不過，我對應考考些什麼，一竅不通，就算中了個秀才，也不能拿來當飯吃呀？」

「你真是隻傻鳥！」宋實甫說：「不論文武，秀才可是個功名咧！你沒想想，咱們宋家一族，好多世代都沒出過有功名的人，你若能掙個功名回來，也好使咱們揚眉吐氣一番，你怎能說它沒有用呢?!」

「好吧，老爹，」呆虎兒想了一想說：「我聽您的，準備到縣城去試試就是了。」

宋老爹也聽人說過，武科的科場上，要掄石鎖，試弓箭，比騎術，競武藝；他只知道呆虎兒曾經逼退過海賊首領雷天龍，並不曉得他的功夫究竟怎樣?族裡的人，也跟宋實甫同樣的巴望呆虎兒能夠取中，宋大眼幫呆虎借馬，宋宜甫去縣城爲他買弓買箭，不外要他利用試前這段日子勤練一練，免得到時候怯場。

「陸家十三官裡的陸姚官，陸保官，陸勝官，聽說也被薦去應試了。」宋實甫對呆虎兒說：「咱們宋家莊，你是唯一能拿得出去的一塊寶，你要是搞砸了，日後陸家更會想出點子來欺負咱們，日子可就更不好過啦！」

「老爹，您放心吧，」呆虎兒說：「陸家的人若能中得上，我也能中得上，論名次，決計在他們前頭，凡是在海賊雷天龍手下落敗的人，都不在話下啦！」

「呆虎兒，你要真有這個能耐，咱們願意花費盤纏，送你到縣城裡去，你應試，咱們在旁邊看看熱鬧，沾你一分光采。」宋大眼說：「眼看你的本事壓倒陸家十三官，多少也吐一口怨氣呀！」

宋家莊的族人，真像捧寶似的把呆虎兒簇擁到縣城去應試去了。呆虎兒沒讓族人失望，應試時不但技壓全場，而且拉斷了兩張鐵背弓，顯出他驚人的力氣，結果考中了武秀才。

宋實甫老爹高興得一擠一串淚說：

「這可好了！朝後再沒有誰敢說宋家族裡都是白丁啦，秀才不論文武，都是個功名呀！」

呆虎兒的功名是有了，但宋家莊的人卻遇上了難題；他們把有了功名的呆虎兒，當成全族的頂尖人物看待，但呆虎兒連個正經的名字都沒取，連根帶把叫慣了的，如今他是武秀才了，再一口一個呆虎兒叫他，未免有失恭敬，呆虎兒的輩份晚，做長輩的人，也不好稱他秀才老爺，硬把他抬舉得過高。

還是宋宜甫出了個主意，他跟族主提起，按字輩，替呆虎兒取了個名字，叫宋敦武，字經符，那意思，當然是希望他更上層樓，日後敦勵武學，掌理兵符了。

這個難題解決了，更多難題還在後面呢！呆虎兒已經中了秀才，當然不能再讓他打工幹雜活了。老實說，以呆虎兒那種驚人的食量，真可稱得是一等一的大肚漢，他一頓能吃五條兩尺長的懶龍捲子；當他肚子餓著時，扯起肚子上的皮，裡面能裝得下五升麥子。有人形容他是一隻活飯桶，族裡人沒辦法，只有仍把他安置在祠堂裡，祠堂有六百多畝公田，收成還夠養活他這麼一個人的。

光解決了呆虎兒吃飯的問題還不算數，他業已上二十歲的人了，得要想法子替他挑一房媳婦，不能讓他再打光棍。想替呆虎兒挑選媳婦，似乎要比吃飯的事難辦得多；呆虎兒是個沒產沒業的窮漢子，秀才是個功名，不能拿它當飯吃，誰家閨女願意嫁上無片瓦，下無立錐的窮漢子呢？

「也不要擔心敦武眼前的窮困，」宋實甫說：「有句俗話說：窮秀才，富舉人。憑他的力氣和本領，一旦獲中武舉，那光景就大不相同啦！」

「是啊，」宋大眼說：「中了武舉，門檻兒就高了三尺，御賜的旗桿豎在門前，那該是何等的風光？到那時刻，五丈河附近各族的閨女，想進宋家門，還得看咱們敦武瞧不瞧得上眼呢！」

也無怪宋家莊人趾氣高揚，這回縣城裡開武科，五丈河一帶去應考的，不下百十人，考上武秀才的，只有陸家的陸姚官和呆虎兒兩名。宋家族人在場外觀看，都覺得陸姚官的本領，遠不及呆虎兒，所以，宋大眼當時就對族人誇口說：

「瞧著吧，日後應鄉試，考武舉，只要有咱們呆虎兒在場，決沒有陸姚官的份兒，——他祖上不修福，缺少門前豎旗桿的命。」

五丈河一帶的地方，人們平時沒有太多的話題，一旦出了呆虎兒這樣的人物，哪有不紛紛輾傳的？尤其是他兩招逼退海賊雷天龍的故事，更被人形容得出神入化，有許多一提到這宗事，就會把大拇指伸出來搖晃，讚許呆虎兒是五丈河唯一的英雄人物。

呆虎兒突然崛起，陸家灘的陸振豐心裡極不是滋味。在早年，陸家人多勢大，曾經煊赫一時，陸振豐對著族人誇過口，說他伸出一隻巴掌，就能蓋得住五丈河，這如今，陸家闔族抵不住海賊雷天龍，而宋家莊的一個呆虎兒，竟然有兩招退敵的能耐？就憑這一點，陸家往昔的威風就被他抖盡啦，還想在五丈河站得穩腳嗎?!

對付呆虎兒的法子還沒想得出來呢，轉眼又到了鄉試的時辰了。陸振豐打點著，讓他的兒子陸姚官去應武舉試，而宋家莊的人，也把呆虎兒這張牌打出去了。應試的結果，呆虎兒高高的中上了，陸姚官卻榜上無名，縮著腦袋，不聲不響的回來了。

呆虎兒中了武舉，宋家莊的人，樂得像過年一樣，又殺豬，又宰羊，大串的龍鞭，通宵達旦的響著，而北邊不遠的陸家灘人，全都憋了一肚皮的悶氣。

宋家莊的人大肆慶祝之後，便商議起豎旗桿的事來；依照慣例，中了舉的人家，宅前都准豎立旗桿，表示他的功名。宋家這根旗桿，在百里方圓之內，多年來還算是頭一根，這份光采，那就不消說了，但呆虎兒根本沒有宅子，這根旗桿該豎在哪兒呢？

「這樣吧，」宋實甫說：「現今敦武他住在祠堂裡，咱們就把旗桿豎在祠堂門口，讓闔族都沾光吧！」

旗桿高高的豎立起來，宋敦武中了舉的消息，也傳遍了五丈河一帶地方。一般居民從心眼裡敬重這位呆虎兒，有人前沒人後，沒誰再叫他呆虎兒，也很少有直呼其名，叫他宋敦武的，每提起他，就官稱舉人老爺；宋家莊也不叫宋家莊，改稱為宋家旗桿啦！

對於呆虎兒本人來說，這些改變對他毫無影響，他一點兒也不覺得有了功名之後，跟早先有什麼不同。他的穿著，還是莊稼漢的穿著，短衫子不扣扣子，半敞著懷，一條打補釘的老藍布褲子，褲管高高捲起，光著腿，赤著腳，到處走動。族主宋實甫老爹不只一回勸說過他：

「我說敦武，你如今是有功名的舉人老爺了，高高在上，人全仰著脖子看你，你一身穿著打扮，總得要顯出你是有身分的人，甭讓人笑話你呀。」

「不成呀，老爹，」呆虎兒爲難的說：「我早先並沒想要得什麼功名，全是您硬慫恿我去應試的，這好?!把個功名弄到頭上來，繁文縟節的麻煩都來了，我一穿新衣裳，脖子硬得發疲，一動也不敢動，那不憋死人嗎？……旁的事，我都願聽您老人家，這個，我可勉強不來啊！」

宋實甫皺著眉頭想想，也吧，橫豎他這個舉人老爺也不是假的，他願意穿得衣衫襤褸，別人也不能逼迫他，旁人頂多說他不修邊幅，不講體面罷了。

族主都不願再管的事，旁人也只能由他。而這位舉人老爺，並沒有出去當差做事，被族人供奉一般的養在祠堂裡，真是閒得骨頭疲，於是，他就自動幫忙族裡的人打雜工，幹莊稼活計。他自小就務農，對牲畜、播種和收割的事兒都很熟悉，他的力氣又特別大，一個人抵得上四五個漢子。起先，族裡人還不敢勞動他，後來也弄習慣了，反而樂意請他幫忙，還願意送他雙份的工錢。這樣，不到兩年，他就積蓄了不少的錢，自己買了一條毛驢，幹起販糧的買賣來了。

民間一般習慣是很難更改的，武舉人是頂有份量的鄉紳，走遍南北，也沒聽說有舉人老爺牽驢馱糧當糧販的，只有這位年輕傻氣的宋武舉，會幹這種事情。不過，當糧販也是三百六十行之內的正經行業，將本求利，無可厚非，何況宋武舉雖有功名在身，卻從不搭他舉人老爺的架子，又很樂意幫助別人，逐漸的，四鄉的人反而有口皆碑，都說宋武舉是個誠樸的好人了。但越是這樣，陸家灘的人越覺得氣悶，陸振豐一聽人提起宋武舉，就恨得跺腳挫牙，誓言非要找機會給他一點顏色不可。

正巧那年鬧水，五丈河的河水高漲，陸家灘的人爲了保護他們自己的田地，便在堰堤上加了蘆葦和土籠，使滿漲的河水即使潰堤，也潰在旁處，不會淹沒陸家的灘地。在這一段新加的灘堤兩端，都有人把守著，不准載重的車輛、馱物的牲畜經過。

偏巧堤頂是南來北往的行人必經之地，陸家不准車輛和牲畜經過，也就等於封住了商販人等的道路。

這天傍午時，宋武舉牽了那隻毛驢，馱著一石二斗糧食，路經這兒到青龍鎭去，陸家灘把守堰口的，也不認識這個驢馱販子就是大名鼎鼎的宋武舉，一上來就把他給攔住了。

「嗳，這兒不准牽牲口馱糧過路，」一個莊丁橫著纓槍攔住他說：「你沒睜開眼看看這塊牌子嗎？」

「實在對不住，老哥，」宋武舉說：「我是個睜眼大瞎子，目不識丁，這牌子上寫的是什麼？我既認不得它，它也認不得我，人說：不知不該罪，你就寬諒點兒吧！」

「不成，」那個說：「我業已告訴你，你牽著馱糧的驢子，就不能打這兒過路，你沒見這新加的堰堤這樣鬆軟？走路不當心，把它決了，陸家灘就被淹啦。」

宋武舉抬頭望望河對岸說：

「你們加高這邊河堆，河要決了口，對岸就該被淹的了？你們要知道，這兒是路，你們憑什麼要封阻道路，不讓人過路呢？」

「驢馱販子，你甭不識好歹！」另一個莊丁頭目上來說：「這兒不准過路就是不准過路，誰跟你講理來著?!你要是識相的，趁早替我滾開，要不然，我吆喝一聲，就會有人上來，把你腦袋打縮到肚裡去！」

「我要是不牽馱糧的驢呢？」宋武舉並沒生氣，反而問說：「單是人過路，你們也不准嗎？」

「人過路可以。」那個莊丁頭目說：「但你腳步得放輕點兒，踩毀了堰堤，也有你瞧的。」

「好，那就好辦了！」宋武舉說。

他一面說著，伸手抄起驢背上的兩口袋糧食，撩放在他的肩膀上，又伸手一挾，把那匹毛驢憑空挾起，夾在他的脅下，邁開步子朝前就走。

幾個守堰的莊丁做夢也沒想到，這個驢馱販子竟然有這樣一股巨大的神力，不但肩負一石二斗糧，而且把活活的毛驢輕輕挾起，好像全沒有這回事一般。

宋武舉存心要和自私自利的陸家灘人過不去，他走到新加的堰堤中間，故意腳下一滑，伸腳一踹，那道堤便崩了一個不大不小的缺口，轟然一聲，河水便暴瀉出去了。他縱身一躍，跳過那道缺口，重新把毛驢放下，把糧食放在驢背上，趕著驢走了。

守堤的莊丁，眼看那驢馱販子闖了大禍，一腳把堤給踹塌了，便像鬼掐脖子似的尖聲嚷叫起來說：

「不好了！驢馱販子把堰堤踹塌啦！快響鑼聚人，抄傢伙追呀！」

示驚的銅鑼，鍠鍠的敲響了，陸家灘的人曉得塌了堤防，便各自抄起傢伙，奔向堆頂來。

陸振豐帶著十三官裡的六七個，也親自趕了過來，一聽莊丁稟告，說堤防不是自崩，而是被一個驢馱販子故意踹毀的，這一氣氣得他直蹦直跳，罵說：

「是哪個吃了虎心豹膽的傢伙，敢在太歲頭上動土?!我要帶人追上他，連人帶驢，全要拿來塡塞這個缺口，它奶奶的！替我追！」

他這麼一吆喝，便湧上來一百多口子，各人掄著扁擔、鐵鍬、纓槍和刀片兒，一路嘈喝著追了過來。一追追到陳家大莊莊頭的麥場那裡，遠遠瞧見那個驢馱販子，正慢吞吞的趕著驢在走呢！

陸振豐走在前面，不客氣的喊叫著：

「狗崽子的，你踩塌了堤，還想溜嗎？老子今天非要把你拎回去塞洞不可！」

「你是在罵誰來著？」宋武舉一聽身後有人追過來，便勒停了牲口，回轉身子，兩手叉腰，挺立在麥場當央不走了。

他那高大的身軀，黧黑結實的胳膊，有稜有角的一張臉和一圈兒在風裡拂動的落腮鬍子，給人一種凜凜然不可犯的感覺。他用手指著陸振豐說：

「遇旱你斷水，被斷了水源的下游頭的人怎麼活？遇澇你築堤，河對岸的人家就不要活了?!我今天就是衝著你們陸家灘的人來的，堤是我毀的，你們有本事的就上來，我一個人領著，我宋敦武這條命，你要取，儘管來取好了！」

陸姚官和一些莊丁，都認出這個驢馱販子不是旁人，正是大名鼎鼎的宋武舉，便對陸振豐說：

「您知道他是誰嗎？他就是宋家莊的宋武舉呀！打死有功名的舉人，讓朝廷知道了，這個罪名，咱們可擔當不起呀！」

「怕什麼？」陸振豐正在火頭上，罵說：「他毀堤在先，還理直氣壯，難道要咱們低頭怕了他不成？你們全替我上，有擔子，我一個人來挑！」

陸振豐一聲吆喝，那些仗著人多的莊漢便朝上湧，把宋武舉給團團圍住了，圍是圍住了，但那些人多少還憚於宋武舉的名頭，不敢過份逼近，只在嘴上發聲嘈喝著。

這一來，宋武舉也被激出火來啦，他腰裡有條帆布兜肚兒，他解了下來，瞧著附近有一隻石礄硌，他就用兜肚的兩端拴在石礄硌兩邊的軸上，單臂發力，把那隻石礄硌掄了起來，呼呼的飛舞著，吼說：

「不怕死的，就替我上來試試！我不砸爛你們的腦袋，就把宋字倒著寫了！」

陸家灘的人一看，了不得啦，一隻幾百斤重的石滾兒，他單手掄得飛轉，好像耍弄草把一樣，那就是說，他的力氣，不是有千斤以上了嗎?!這些漢子誰也不敢跟他鬥，一個個拔腿就跑，連陸振豐和他的子姪，也只有奔竄逃避的份兒了。

由於宋武舉打抱不平，使陸家灘的莊稼被大水淹得顆粒無收，陸振豐恨他恨得牙癢，打既打不贏，只好另行設法，請了黑頭訟師寫狀子，一狀告到海州府去，控指當地武舉宋敦武損毀堤防，水淹陸家灘。陸振豐在衙門裡上下打點，一心想打贏這場官司。

俗說：八字衙門朝南開，有理無錢莫進來。陸家鬥力鬥不贏宋家旗桿的人，但在錢財勢力上，卻比宋家莊的一族人大得多。狀子遞上去不久，幾個快馬衙役就從府裡下來，到宋家旗桿查案來了。

海州府一隅偏荒之地，府裡的官差衙役，曉得四鄉百姓善良，平素作威作福弄慣了，這回得了陸家的好處，下來查案，當然存心偏袒著陸振豐，並沒把宋敦武這樣的一個武舉放在眼裡。

府裡的捕目姓秦，諢號人稱他棗眼鷹，他騎著一匹白蹄黑毛的雪裡站，領著四五個衙役，蹄花四捲，像一陣旋風般的進了宋家旗桿，把幾匹馬就拴在旗桿上面。宋家的族人，包括族長宋實甫在內，一輩子沒見過官，沒進過衙門，也不懂得怎樣接待這些官差衙役。

「咱們是奉府裡的差遣來的。」棗眼鷹攔住祠堂裡的一個人說：「快找你們族裡管事的過來說話。」

那個一聽是府裡來的差人，嚇得兩腿發軟，急忙跑到宋實甫那兒報信去了。宋實甫也知道呆虎兒踩毀堤防，水淹陸家灘的事，卻沒料到他們會具狀告官，而府裡竟會這麼快就差人下來查案，由此可見這場痲煩是免不了的啦。

他跑到祠堂那裡去見官差，棗眼鷹對他說：

「你是宋家旗桿的族長？」

「小老兒正是敝族的頭人宋實甫。」

「好！」棗眼鷹說：「你們族裡的武舉宋敦武，仗勢欺人，擅毀五丈河堤防，水淹陸家灘，你該曉得這回事的了？」

「不錯，」宋實甫老實的回話說：「但仗勢欺人的不是宋武舉，卻是陸家灘的陸振豐，他們遇旱斷水路，遇澇擅築堤防，阻人過路，水淹陸家灘，也是他們自找的。」

「你說的話不能算數，」棗眼鷹叱說：「快把肇事的宋武舉替我找來，讓他跟咱們到衙門裡去一趟！」

「喏，那邊牆角底下，草垛上坐著的，就是宋武舉，有話，您自己跟他說去吧！」

順著宋實甫的手指，棗眼鷹幾乎疑惑自己眼花了，那邊牆角上，確實坐著一個漢子，一臉落腮鬍子，身上穿著灰藍的褂子，肩背上都打了補釘，哪兒像是武舉？卻像個端瓢討飯的乞丐。這時候，那個漢子也站起身，晃著肩膀朝這邊走了過來。

棗眼鷹迎上去，剛剛打算問他是不是宋武舉？那漢子把手叉腰，大聲喝問說：

「哪兒來的野雜種？敢把牲口拴在舉人老爺的旗桿上?!若不立即牽開，我可要對你們不客氣了！」

「你是什麼人？」棗眼鷹手捺刀把兒，氣燄囂張的說：「你竟敢口出穢語，辱罵府裡下來的公差？你就是宋武舉，也休想拿你那份功名來嚇唬人，你毀堤的案子犯了，咱們正要押你進衙門問案呢！」

「怨不得人都說：官好見，衙難見。」宋武舉說：「你們這幾個狗腿子，真是蠻橫，今天我若不給你們一點顏色看看，你們還以為宋家莊人是好欺的呢！」

他說著，挺起胸脯，大踏步的走了上去，怒眼瞪著棗眼鷹。

那些差役雖沒看過宋武舉的身手，但都憚於他武舉的威名，紛紛後閃，掄起單刀鐵尺，如臨大敵似的戒備著。

宋武舉冷笑一聲，並不理會那些差役，只用手指點著棗眼鷹的鼻尖說：

「我叫你把馬拴到旁處去，再來跟我打話，你究竟拴是不拴?!」

「嘿，憑你一個武舉，就想抗拒知府衙門？」棗眼鷹說：「我秦某人見識多了，左右，先替我拏人！」

那些差役吆吆喝喝，裝模作樣，但卻沒有一個真的敢上前的。

宋武舉走到旗桿邊，朝著棗眼鷹騎乘的那匹雪裡站的肚皮，飛起就是一腳，這一腳下去不打緊，那匹馬全身騰空，把韁繩也扯斷了，飛落到兩丈開外去，哀哀的噓叫著，四蹄懸空亂蹬亂刨一陣，死啦！

「不好了！秦爺，他一腳把馬給踹死啦！」一個差役大驚小怪的叫說。

棗眼鷹一瞧，火朝上冒，順手就想拔刀，手剛捺在刀把兒上，吃宋武舉扣住他握刀的腕子，像拎雞一般的懸空拎了起來，朝死馬身上直摔過去，把棗眼鷹摔得歪著嘴，嗬嗬的嚎叫著，站不起身子，這一摔把他的胯骨摔脫了臼，根本站不起來啦。

「好，姓宋的，你抗拒衙門，有你瞧的，」棗眼鷹被衙役架起之後，咬著牙發狠說。

「沒有什麼了不起，」宋武舉說：「有本事，你告到府官大人面前去，這場官司，我跟你打到底了！」

宋武舉耍出他的呆虎性子，使棗眼鷹不願再吃眼前虧了，吩咐衙役趕快牽馬，狼狽不堪的遁走啦。

事情過後，宋實甫責怨宋武舉說：

「敦武，你是有了功名的人，不再是當年的呆虎啦！你惹了陸家灘的人，一屁股屎業已很難揩乾淨了，如今，你竟又踢死了府裡差官的馬，打傷了捕目秦人爺，府官大人一怒，怎麼善後呀！」

「我說老爹，您也甭著慌，」宋武舉心有成竹的說：「一人做事一人當，府裡再來人，也是指名找我去，我決不會讓咱們族中受牽連的。」

棗眼鷹回去究竟是怎樣跟府官大人回話的，誰也弄不清楚，但過沒幾天，另一批衙役又來宋家旗桿，帶來拘傳宋敦武到案的牒文。這回他們收斂了狂態，客客氣氣的動了請字，宋武舉便很爽快的說：

「你們不用爲難，我做的事，我一肩承擔。既然府裡牒傳我到案，我就跟你們一道兒進府衙，去見府官大人就是了。」

「你一個人去府裡，咱們可放不下心，」宋實甫說：「我去設法，多弄些盤纏，讓咱們族裡幾個執事的跟你一起去，開堂問案時，也好多些照應。」

「也好。」宋武舉點頭說：「打官司這檔子事，晚輩我從沒經歷過，怕是不怕，只是一涉及文墨，我就不靈光了，宜甫老爹多少曉得一些，得有他幫忙才成。」

當時，宋實甫、宋宜甫、宋大眼和宋二扁擔四個，也收拾妥當，備了牲口，跟宋武舉一道兒，跟著差役到府城去了。

府官大人受理了陸振豐遞的狀子，先傳被告宋武舉來問話。宋武舉一口咬定那道堤防原是南來北往的通路，陸家灘的沒經官允准，先張告示，擅斷行人的通路，欠缺情理，至於河堤崩潰，並不是他故意毀損的，他說：

「大人，您相信一個赤手空拳的人，能一腳踹毀河堤嗎？何況他陸家築堤堰，光顧著他們陸家灘一地，堤若不從那兒潰，定會淹著別人的田，那時刻，他們損人利己，又該怎麼說呢？」

「不錯，」府官大人點頭說：「你既非故意毀堤，並沒有多大的罪過，那為何本府派了差役下去查案，你卻踢死馬匹，又出手毆傷捕目呢？」

「大人，」宋武舉說：「生員這個武舉功名，雖然算不得什麼，但那根旗桿，卻是皇上御賜的。棗眼鷹秦捕目，可以在宋家莊作威作福，但他卻不該在御賜的旗桿上任意拴馬。我只是略略教訓他一頓，沒告他犯欺君重罪，業已算很客氣的了，假如我寫狀子告上來，只怕大人難免有縱容部屬之嫌吧？」

府官大人一聽，不自覺的就舉手摸起他的烏紗帽來。他聽到棗眼鷹回來稟事後，原想重懲宋武舉藐視公堂之罪的，可沒料到對方反扣給他一頂抬不動的帽子，假如認真追究，棗眼鷹掉腦袋是另一碼事，自己的前程也得押上啦，這傢伙，他非得把宋武舉飭回不可了。

「我說，宋武舉，你護旗桿是不錯的，」他說：「但你也要知道，你是個武舉，拳沉力猛，朝後若仍逞血氣，鬥勇力行事，早晚會鬧出人命來的，……那個棗眼鷹平素橫暴不法，本府業已革去他的差使了，但他家有老母妻兒，需要養活，如今腰骨被你毆傷成殘，不能苦掙了，你總該負賠償之責吧？」

「那是當然的，大人。」宋武舉說：「不過，不瞞大人說，生員雖有武舉功名，卻是個道地的窮漢，腳下沒有立錐之地，只好寄居在族中的祠堂裡，這筆款子，叫生員一時到哪兒籌去？」

「這並不難，」府官大人說：「本府要責成你們族裡集款賠償。關於陸家告你毀堤的案子，本府判你無罪，你可回去了。」

宋實甫原以爲這場官司會拖泥帶水打下去的，誰知道這位府官老爺異常明快，當堂就輕輕發落掉了。

宋武舉下了公堂，還滿肚子不高興，因爲他仍然拖累族人，爲他集款賠償棗眼鷹，但宋實甫卻高高興興的說：

「敦武，你該知足啦，損失一些錢財，對族裡的人來講，實在不算什麼。經過這一回，朝後陸家灘的人也該明白，咱們不是好欺侮的啦！人活在世上，不要去欺人，能不被人常常欺侮，就夠好的了！」

打完這場官司回來，宋武舉的名頭，在五丈河一帶鄉野上更為響亮了。那根旗桿高高豎立在那裡，過路的商客人等，在一兩里路之外，抬眼便能望得見它，在那些人們的感覺裡，宋武舉簡直和那根旗桿同樣的高大。因為他逼退海賊，挫辱土豪，教訓蠻橫的衙役，這三種人，都是鄉野人們最忌憚，最害怕的，有了宋武舉這樣一個急公好義的人物在世上活著，他們便略覺寬慰，略覺安心了。

但宋武舉本人並沒覺得他跟早年有什麼不同，他仍然是呆虎兒，仍然是個莊稼漢子，府官點醒他力猛拳沉，他就不願對人勒拳頭了。宋實甫老爹說的：窮秀才，富舉人的話並沒有靈驗，宋武舉中了舉，還是一個窮光蛋，也沒有閨女嫁給他。

他卅七歲那年，五丈河鬧大荒，他是在曠野地上餓死的；因為他食量太大，他不願意塡飽他一個人的肚子，而讓他的族人餓死，結果他自己卻餓死了。他只留下一些故事，和一根高豎著的舉人旗桿，表示這世上，曾經有他這麼一個人楞楞的活過。

這世上，遇著饑饉的年成，餓死人是稀鬆平常的事，不過，一個有功名的舉人老爺被活活餓死，可就不多見了。無怪乎幾十年後，人們還把他生前的一些事情，當成傳講的話題的吧？

他死後若干年，海賊幾度鬧得很兇，但也奇怪，所有的海賊群都相戒相約，腳不踏宋家旗桿一步。他們並不駭懼已經死去的宋武舉有什麼樣的精魂厲魄，來保護他的族人，而是對於一個爲救別人而餓死自己的舉人老爺，自然懷著一種敬懍。一個海賊頭目就這麼說過：

「咱們在亂世幹這個違法行當，也不過爲了塡飽肚皮，搀劫餓死的舉人，會有報應的。若說當了海賊就沒有人性了，那可不見得，咱們抬頭看見宋家莊那根旗桿，就遠遠的燒香跪拜，五丈河，全都受著宋武舉的庇蔭呢！」

礦異

在一個偶然的機會裡，我結識了幾個朋友，這幾個都是老礦工；一位是花白頭髮的藍師傅；一位是瘦削蒼白的老田，另一位是肥胖得像圓球似的老趙，他們不叫他老趙，都管他叫胖哥。

論起進礦工作的歷史來，藍師傅該坐頭一把交椅。他是東北老鄉，世代都幹挖煤這一行，他自小就當煤黑子，鑽到地層下面撿碎炭討生活，如今他六十出頭了，算起來，業已整整幹了五十年了。在這五十年裡，他從哈爾濱到撫順，大大小小的礦做過十多處。抗戰後，他不願留在東北礦區，進關流浪，肩上揹著個小行李捲兒，到一處，幹一處，脫不了一個「煤」字。

到了南方，他挖煤挖得更勤，幾乎掘遍了這裡那裡的地層。他的年齡、經驗和閱歷，使他在這個艱苦又帶著極度危險性的行業裡，博得了藍師傅的綽號。從這個礦場到那個礦場，他並非主動去追逐生活，而是那些場主爲了借重他的經驗，重金禮聘他去工作一段時期，等於是去替他們勘驗礦穴。

老田從事挖煤礦的時間，當然遠不及藍師傅那麼久，他雖是半路出家，不過，屈起指頭數算，也有十一二年了。他跟藍師傅有好幾次在一道兒工作過，兩人脾性相投，又都愛喝幾盅老酒，沒有事，夜晚常聚在小酒鋪裡邊飲邊聊，當然，他也從藍師傅那裡，學著了不少的經驗。

老田說來是個多災多難型的人物，挖煤挖了十多年，遇上小災變不說了，就是驚天動地的大災變，少說也有五六回之多。有一回，一座煤礦底層的老斜坑瓦斯爆炸，主通道落磐，堵塞了出口，受災的礦工七個人，被活活埋在裡面四天，等到救災的人挖出通道，進去探視時，先找到七個人裡的六個，有幾個互相枕藉著，躺在斜坑口，全身都被爆炸的瓦斯燒成焦黑色，手指緊緊鉤屈著，不甘不願的，彷彿臨死還要抓住什麼東西？

有一個在變起時跑得快些，已經奔上主通道，想朝外爬，不巧正被落磐打中，只留著兩隻腳在外頭。救災的人費盡力氣撬開塌落的磐架，把人拖了出來，再看，人哪還是個人？早被沉重的磐架和架頂連同塌落的煤塊壓扁了，變成一塊薄餅似的人乾兒，一身血肉都被煤渣吸乾，那張皮白得發青。

此外，救難的人又在另一個坑口找到另一具屍體，那個敢情是在瓦斯爆炸時受了傷，原想趁沒有完全陷入昏迷之前，拚命朝外爬的，但他兩眼睜不開了，爬錯了方向，越爬越朝底層去，最後還是昏倒送命，經過四天的時間，屍體腫大如鼓，渾身發紫變形。

遇上這種情形，救難的人拖聚起六具屍體，以爲除此之外，再沒有活著的人了，誰知他們當中，有人恍惚聽見遠處有一絲微弱的呻吟，他告訴其它的人，到處再找，結果，他們在老斜坑上一層的一條支道裡，找著了老田，發現他像一隻野猴似的蹲在離地一丈來高的石台上，把他的臉，緊貼著通風孔。

當然，從外間流來的清新的空氣救了他的命，但那些救難的大夥兒，無論如何也猜想不出，他究竟是用什麼法子，在負了輕傷後仍能攀上那片光滑的石壁，爬到有著通風孔的石台上去的？以石台的高度和石壁光滑的程度，沒有梯子，甭說一般人根本無法攀爬，就是猴子，也得看是什麼樣的猴子？……總之，老田能攀上石台，靠那個通風孔救了他的性命，在他們看來，全然是不可思議的事情。

事後有人認真的追問過老田，問他災變當時的情況？他如何應變的行動？他內心的感覺？老田搖搖頭說：

「只聽轟的一聲響，旁的我全不曉得，一個人臨到那種辰光，哪還有什麼旁的好想?!……當時我能想到的，怕只是『逃命』兩個字罷了！」

「那你是怎樣爬到一丈多高的石台上，湊近通風孔的呢？」問的人又問說：「平常時刻，即使有人替你打腳凳兒，你也未必爬得上去啊?!」

「你問這個，連我也透著奇怪！」老田說：「與其問我，你倒不如去問藍師傅，也許他能告訴你們，這究竟是怎麼一回事？——儘管他在這幾十年裡，本身很少遇著這等驚險事兒，但他聽的，看的，那可比一般人多得多了！凡是礦坑裡奇奇怪怪的事情，他都有他一套看法和說法，不由你不信服他。」

多災多難的老田，遇上大災變卻都能逃出命來，他自認為這不光是他的命運好，而是他跟藍師傅結交的關係。而且，愈經災變，他們愈覺出幹這一行有這一行特殊的味道，這跟他們習慣勞苦的生命緊緊膠合著，無法割捨。

至於胖哥趙振祥就不然了！不錯，廿多年前，他在撫順的一座大礦場裡挖過兩年的煤炭，但從那之後，不知是什麼緣故，使他決心甩脫了這種職業，改行幹了鐵工。他真正是個心寬體胖，樂觀而又詼諧的人物，他很敬重藍師傅和老田，但在言語上，卻全持的是相反的論調。

「當然囉，」他說：「藍老頭兒一輩子在礦坑裡打滾，他確實懂得很多，說真的，他那一套拿命換來的玩意兒，太不簡單了！……礦這玩意兒，決不像一般人想像的那麼簡單，好像有了專家，有了儀器，有了什麼科學知識，就能保得了險了，真正說起來，那可差得遠啦！藍老頭兒要比那些科學儀器靈光得多，他一下了坑，側著耳朵一聽，就知哪兒的磐架不穩固，哪根支柱不堅牢？伸著鼻子一嗅，就知今天坑裡瓦斯到什麼程度？會不會出岔錯？伸手撿起煤塊，瞧瞧質地和顏色，就知這坑煤還有若干存量？還得多少日子可挖？甚至於，他明白礦井裡一點聲音，一點動靜會帶來什麼樣的變化？他能從每個礦工的眼神、臉色、有意無意吐出的話，預斷他們在這幾天裡的吉凶禍福，從來沒有不靈驗的。」

這一段可不是反調，這是他敬佩老頭兒的地方，像藍師傅這種終生採礦的老礦工，確實具有許多原始神秘的感覺和預知變故的感應。我說：

「照你這麼說，像藍師傅這樣人在礦裡，挖煤不是很安全穩妥嗎？為什麼他找你進礦，你又不肯去呢？」

「嘿嘿，」胖哥神經質的笑了起來：「正因為藍師傅再能，他也只是個人，不是個神，你沒瞧他腦後那道傷疤？他那條走起路來一跛一拐的腿？——他能救得了旁人，卻不一定保得了自己。總而言之，礦坑裡的事，太神奇怪異了，再能的人，也拿不定的。」

「所以……」

「不錯。」胖哥縮縮腦袋說：「所以我發誓不再下礦，寧可幹點兒旁的，我這顆會吃飯的腦袋，才會安安穩穩的蹲在我的脖子上。」他這樣說著，一面打著響亮的哈哈。這又彷彿透出某種矛盾來，也就是說：他一方面確信藍師傅和老田的經驗，一方面仍擺不脫對那深入地層的暗黑坑洞給予他的神異莫測的原始懼怖，兩者權衡，他寧可逃避那種恐怖的壓力，改行換業，好使他像平常人一般的，常年生活在地面上。

藍師傅和老田對胖哥趙振祥的看法，倒認為是理之當然的，提起他那位在撫順時一同工作過的老夥友不願再入礦的事，他說：

「咱們平心說，胖哥說的，確有他的道理在。你想想吧，鑽在地層底下的黑穴裡，終年難得看見太陽，那就跟活在陰曹地府似的，過得久了，是人也難免沾上幾分鬼氣。無論哪個礦坑，無論他們怎樣講究安全，若說保險不出岔事，那都是騙人的瞎話，……在東北那些天荒地野的地方，很多關內來的移民要討生活，不得不進坑挖礦，想豁命積賺點兒錢，養活妻兒，明知這是苦行當，也只好硬起頭皮認了！如今可不同啦，胖哥會旁的手藝，養得家，活得口，不一定要轉回頭幹這份舊行業，你說是不是呢？」

「當然。」不過我又加上一句：「其實，幹哪一行沒有風險？躲在大樹底下，還怕樹葉兒打頭呢！」

「各人有各人的想法，勉強也勉強不得的。」藍師傅說：「你沒在礦坑裡活過，但你總能猜想得出那種光景：坑洞裡到處都是溼漉漉，水淋淋的，每人全靠頭頂上束著的電火照光，影影幢幢，活像夏季裡的螢火蟲兒，望在人眼裡，鬼氣森森的。不懂得礦的人，只是在感覺上害怕，那還不算怕，最怕的該是經驗十足的老礦工，越是懂得多，看得多，越是心寒，我曉得，胖哥是被礦坑鬧鬼的事，把膽子給嚇破了！」

「哪有這回事?!」我說：「你曉得，藍師傅，我很難相信這一類的事情，即使有，也不是什麼鬼魂之類的玩意兒，只是心理作用罷了！」

「本來嘛，」藍師傅攤開兩手說：「人在大白天，頭上頂著太陽，就不會胡思亂想的疑神疑鬼，終年活在礦坑裡的人，心裡頭想法，自會跟一般人不同啦！」

「有些怪異的事情，是不能按常理去推斷的。」老田在一旁插嘴說：「礦裡一般的災變，倒不挺怕人，最使人駭懼的，反而是一些莫名其妙的事情，不信，你去問問胖哥就曉得了。」

我不能不相信藍師傅和老田所說的話，他們是飽浸過生存苦汁的人，憨樸、忠厚，說話也說得非常誠懇。從他們平常的談話裡，我能想像得出礦工們原始的心胸，人們的生存意識，經常受著生活環境的浸染。一天夜晚，我備了一些酒菜，把藍師傅、老田、胖哥趙振祥都請來聊天，幾杯酒落肚之後，我便扯著胖哥，問起他當初遭逢到的那段奇異的經歷來。

「究竟是怎麼一回事，使你怕成那樣？——寧願改行換業，也不願再下礦坑的呢？」我說。

「嗨，不說也罷，」他說：「說起來話就長了！」

「夜晚不是更長？」我拍拍他的肩膀說：「你就消停咪著酒，從頭慢慢說吧。」

夜在緩慢的流著，從胖哥土腔土調的述說裡，我曉得他是在十七歲那年，離開他的老家窩——山東省煙台附近，靠海灣的村落，趕到關外去討生活的。

「我到撫順找我叔叔，他在一處礦裡做礦工，那兒老鄉多，有照應，要比我再去單獨闖蕩強。我叔叔也跟我說：『振祥，你年輕力壯，正好藉機淘練淘練，挖煤雖是苦行業，憑力氣混飯吃，刻苦點兒，也不是沒有賺頭。』……我被叔叔帶到礦坑裡去看過，觸眼倒覺著滿新奇的，心想，我拳大胳膊粗，幹這個不算難，那就先騎馬找馬，幹著再說吧！」

胖哥帶著三分酒意，搖頭晃腦的講開了：

「我在的那座礦，是個老煤礦，礦坑不是斜著朝下去的，而是直上直下的倒『丁』字形，進礦要坐昇降機，那些橫行的坑道，上下共有好幾層，那還是主坑道，另外還有更多的支坑。

「我初進礦，跟我叔叔在一道兒，他挖煤，我推車，工作地點，是在第二層西主坑的第四號斜坑。初進礦的人，都像初生的小牛犢子，渾身都是勁，心裡根本就沒有一個怕字，……我瞧著那些鐵軌，轟隆作響的電纜車，粗大的木樁做成的支架，每個人額頭上亮著的小電燈泡兒，和懸掛在支架上的一盞盞加上安全罩的煤氣風燈，覺著滿新奇的。

我用手車推煤出斜坑，裝在纜車上，裝滿一節車，有若干工資，我拚命的推煤，一面計算著收益，工作起來，便顯得津津有味。這樣幹了幾個月，凡是在第四號斜坑工作的人，便都和我混熟悉了，他們有人叫我趙小胖子，有人叫我傻小子，其中有個老礦工老徐，認真的跟我說：

『你這傻不楞嘰的小傢伙，你這種年紀，走到哪兒混不著一口飯吃？偏要下礦坑，下礦坑也罷了，爲啥偏選上第四斜坑來著？』

『都是我叔叔替我安排的，也貪著這兒老鄉多，人頭熟，湊合在一道兒，熱鬧些。』

我說：『第四斜坑怎麼了？有什麼地方不對勁的？』

『如今倒也沒什麼。』他說：『不過，早幾年裡頭，確實鬧過事情，有一回場礦，壓死不少人，有兩個人在礦裡失了蹤，到處找也沒找著，……在這兒的人，都傳說第四斜坑鬧鬼，真的，也有人親眼看見過。』

「這是頭一回，從老徐的嘴裡，我聽到過第四斜坑鬧鬼的事情。說來很巧，那時候，藍師傅就在第四斜坑當帶班，我也把這事問過他，他光是笑，一個字也沒吐。」

「我有什麼好講的？」藍師傅在一邊笑著說：「那時刻，在第四斜坑挖礦的老礦工，誰都曉得那宗事情，不愁沒有人告訴你。我總是個帶班的人，不能讓礦長說我故意渲染，把一個毛頭小夥子嚇走。」

「好！」我興致勃勃的說：「後來又怎樣了呢?!」

「後來，我聽到的言語更多了，說是這座礦的礦主，本身就相信那些邪門邪事，說是當年礦主的祖先勘出這兒的地層底下有條大礦脈，便集資召工來挖礦，這座山並不大，可是滿山都是狐仙的巢窟，附近的人家，多有在這兒搭建狐仙廟的，都管它叫胡家山，礦主的祖先雖然有些顧忌，但因『利』當頭，便也管不了那許多了！

開了礦之後，大大小小的事故就沒有斷過，到了如今這位礦主的手上，他不得不相信那些愈來愈多的傳說，立下好些不成文的規矩，許了好些願，譬如每年秋季，要殺一隻活雞，瀝血到礦裡，焚燒紅包袱（專用以拜狐用的一種方形紙箔）祭拜狐仙，同時，在那一天，全部停工，好讓匿在地層下的狐子狐孫，出來大啖。

當然，還有好些怪得難解的事情，譬如那座礦裡原是有女工的，她們管挑炭、抽水，和一些雜碎的活計，礦裡立下規矩，不准男女礦工調情或是幹那個什麼……怕會開罪胡家，我弄不懂，狐狸精還有那套正經?!」

胖哥這麼一說，我們都樂呵呵的鬨笑起來。

「狐狸精之所以成為狐狸精，就因牠們千變萬化，邪門兒，讓你摸不透牠，牠若叫你弄得清清楚楚的，還叫什麼狐狸精呢？」我說。

「還是兜回正題，說說你遇鬼的事情吧，」老田說：「我雖沒見著，好歹也能參詳參詳。」

「說起那宗事，儘管事隔幾十年了，我還是渾身起雞皮疙瘩，直豎汗毛。」胖哥真的汗毛直豎說：「當時好在是年紀輕，儘管聽了一肚子傳說的鬼話，我也並沒把它放在意中。那年冬天，我跟平常一樣的上工，到了夜晚，大部份採礦的都跟著纜車出去了，只留下我和另外兩個推煤的夥計，還在裝煤。

那時候，整個第四斜坑都靜靜的，聽不見鶴嘴鋤敲擊煤層的聲音，坑口的一盞煤氣燈，在靜寂裡亮著，透發出一圈朦朧的光暈。我推煤來回十多趟，裝滿最後一節車，覺得有些睏倦，便把手車翻靠到斜坑的護壁上，自己也靠著一根支柱躺著，暫時歇一陣兒。

這當口，奇怪的事情發生了！我看見那盞煤氣風燈，自行搖晃起來，坑道裡決沒有那樣猛的風，可以使沉重的煤氣風燈搖晃成那樣。……在那一刹之間，我的意念飛快的旋轉著，最初我以爲頭頂上的石層鬆動，又要發生驚天動地的災變了，但我眼裡所見的，除了煤氣燈激烈搖晃之外，並沒有其它的動靜，接著，我又以爲是起了地震，但那也只是刹間的幻覺，那麼，那盞煤氣燈怎麼會一直晃動不停的呢?!

我試圖站起身來，走過去看個究竟。我想試一試用手托穩那盞懸吊在橫木上的燈，然後再鬆開它，看它會不會再自行搖晃?!

也許是適才驚嚇過度了，我站起身一挪步，這才發現自己的兩腿發軟，抖抖索索的，竟然沒法子支持住自己的身體，走不上兩步，便又蹲了下去。

煤氣燈還在搖晃著，搖晃著，逐漸逐漸的穩定下來，但同時，燈光也越變越綠，越變越暗，好像燈裡的煤氣快要耗完了的樣子。我兩眼一瞬不瞬的看著，忽然間，說給你們聽你們也不會相信的，那盞燈的周圍起了一圈綠色的光霧，——似光非光，似霧非霧，朦朦朧朧的抖動著，隔著那片光霧，我看見一對併立的人影子。」

「那就是你所說的鬼影子嗎?」我說。

「不知道。」胖哥接著說：「當時我並沒想到那麼許多，只是透著奇怪罷了。我心想：天已這麼晚了，除了幾個趕班裝煤炭的，還會有誰下礦來呢？……我還是勉強站起身來，手扶著護壁！朝甬道那邊摸索過去，一面扯開喉嚨，大聲問說：

『是誰？這麼晚還站在那裡？！』

人在礦坑大聲說話時，四處都會撞出又巨大又空幻的迴音，一浪一浪的傳回我的耳朵裡來。而那一對人影子，——我估量他們就站在坑道口轉彎的地方，——仍然一動不動的立在那裡，沒有一點反應。

我緩緩的走過去，變化又發生了。那盞裏在霧裡的燈，逐漸變暗，變暗，漾出一片碎碎的波紋來，那一雙人影，也隨著燈光漾起的波紋抖動著，漸漸變淡，變淡，緩緩的消失了！我走到坑道口那盞煤氣燈下面，舉眼朝各處搜尋，哪兒有什麼人來著？……我定定神，再看看那盞燈，還不是跟平常一樣，亮得好好的，我心裡也暗暗納罕著，這究竟是怎麼一回事呢？也許我真的疲累，一時看花了眼了，只是這種情形，我還是頭一回遇著過。

『噯，小胖子，』我的推煤的夥伴叫說：『你在那兒發什麼呆？事兒辦完了，咱們跟纜車一道兒上去吧？找個地方暖它一壺酒酌酌去。』

『好吧。』我有些失魂落魄的說：『我想我真該多喝幾盅酒才行了。』

出了礦，到了落宿的地方，我真的不顧量的喝起酒來，滿心想藉著酒鎮定心神，但連一點用也沒有。我當時沒覺怎麼樣，過後卻越想越害怕，認定適才我是看見鬼了！」

「我把這事詳細說給我那幾個夥伴聽，問他們見著坑道口煤氣燈下現出的一雙人影沒有?他們聽了，個個的臉色都變得有些發白，一個搖搖頭說：

『咱們這幾個人，都沒看見什麼怪異的事，也許你是個童男，人說，童子目是最容易看到鬼的，第四斜坑有一男一女失蹤過，確實不太乾淨。』

他們你一言我一語的，把那一男一女一形容，我愈加相信，我在礦坑煤氣燈下看到的，就是他們。我不由不記起若干古老的傳說來，說：『人若是鴻運當頭，陽氣特盛，陰魂見著了，就會遠遠的走避，絕對不敢現身或是顯形。』一般人都因為身子病弱，精神恍惚，或者背了時運，將有禍患臨身，火燄低，陽氣衰，才會看見鬼。又有一支歌謠，說：看見大鬼害場病，看見小鬼沒得命！照這樣的說法，那我適才在坑道口煤氣燈下所見著的人影，要比平常高大，自然該算是大鬼了！——也許我快要得什麼毛病了吧?

嗨，人說：疑心生暗鬼，真是沒錯的。我還不是怎樣害怕，只是朝上頭一疑惑，第二天，就覺得頭重腳輕，渾身痠痛，真的生起病來了!……但我這個人，也夠拗的，我想：該死不得活，去它娘的!我倒要看看礦坑裡的鬼當著我顯形，究竟是什麼居心?!心裡既有這個意思，我一咬牙，仍舊撐持著下礦去了。

那天夜晚，我仍趕夜活，推車裝炭，裝妥了炭，靠在支柱邊歇息的時辰，頭一天晚上所見的情形，真的又發生了。那盞燈的變化，那雙人影的出現，跟頭一回一模活脫，完全一樣。我暗暗用牙齒咬咬舌尖，證實自己不是在做夢。……

我站起身，朝那影子走過去，燈光又在逐漸變暗變暗，波漾出水紋，而那雙人影也在抖動中變淡變淡，一轉眼的功夫，又在我眼前消失了！我立即抬起頭，嘿，這一回我可看見了，那雙影子正貼在護壁上，像閃避什麼似的移動著，我緊緊跟著，一面用眼釘住它們，看看它們會跑到哪兒去？

它們沿著護壁，彎進第四號斜坑，一直朝坑道盡頭移動過去，我在後面跟著。雙方相距不甚遠，最多不超過十多步地，四號斜坑的盡頭，也懸吊著一盞煤氣風燈，燈光要比坑道口的那盞暗得多。……說來你是知道的，礦坑裡的主通道設有鐵軌，很高，很寬敞，支坑就狹窄得多，四號斜坑到了末梢，磐蓋低得幾乎能打著人頭，那兒原還可以再朝裡面挖拓的，但有一塊巨大堅硬的石塊立著，礦長不願花費精神炸毀那塊石頭，便另闢支道，繞過它，去挖掘它背後的煤層。

那對人影子，不，該說是鬼影子，到了石壁那兒，便貼到石壁上去，我怕它們一鑽進石壁，失去蹤跡，我就再也無法找到它了。我一急，急出個主意來，急忙咬破舌尖，朝石壁上啐了一口血！這一口血有了效驗，那雙鬼影子便釘在那兒，無法再動彈了！

燈光夠暗淡的，我仍能看得清那影子確實是一男一女，那男的身材很結實粗壯，女的嬌小玲瓏，從影子的輪廓，很明顯的看得出，他們全是一絲不掛，根本是赤裸著身子。我退後幾步，朝影子發話，問它們說：

『你們爲什麼不找旁人？單單找上我來？你們是有冤？有屈？還是有什麼旁的難處？要我跟你們說話？還是要我替你們幫忙?!』」

「你問這些怕也是白問了，」老田笑著說：「有什麼用呢？難道鬼魂還會說話嗎？」

「爲什麼不能？」胖哥說：「其實也不能算是說話，透過那塊巨石，有一縷尖尖細細的哀泣聲，搖搖曳曳的飄出來，彷彿沒經過耳朵，就傳到我的心裡來了，我心裡明白是那個女的聲音，像蚊蟲嗯嗯般的說：

『小胖哥，小胖哥，我害冷！』」

「鬼也會害冷?!」老田又笑出聲來。

「她沒穿衣裳，當然會害冷了！」我說。

胖哥趙振祥沒理會這些，他認真的接著說下去：

「我一聽，想到這是真的，他和她聽說是在某處幽僻的礦穴裡偷歡時，遇上塌礦災變的。這可以猜想得到，這一對野鴛鴦根本沒來得及穿衣裳，就極可能的被埋在什麼地方去了，說是『失蹤』，只是好聽一點而已，——只因沒找得出他們的屍骸罷了。

想到這兒，我又轉問那個男的鬼影說：

『你能不能說得清楚點兒？你們究竟想要怎樣？你們若是遇了難，爲什麼要長年待在地穴裡，不出礦去吹風曬太陽去呢？』

『你沒瞧見嗎？小胖哥。』一個男人的聲音響在我的心裡，我聽出就是那男鬼的聲音，……絕不是我心裡猜想出的，外人的聲音就是外人的聲音，沒有錯的，他說：

『我們光著身子遇了難，渾身上下，連一根布紗都沒有，怎麼出得去？再說，這礦口有土地爺守著，只怕一探頭，就得挨上他的拐杖了。』

『甭光訴這些苦了，』我催促說：『你直截了當的，把你們的意思告訴我，只要能幫得上忙，我沒有不盡力的道理。』

『這樣吧，小胖哥，』男鬼的聲音說：『我爹明兒晌午時，會到礦上來找我，……他是打山東老家來的，他還不曉得我遇難。你只要先在晌午前，到鎮梢紮匠鋪去，買兩套紙衣裳，到礦裡來燒給我們，我們就好出去，直接托夢給他，不再麻煩你了。』

『繞大彎兒，又何必呢？』我說：『紙衣裳我照燒，你不妨先把你們遇難的地方告訴我，我告訴這坑道帶班的師傅，讓他先把你們的遺骸挖掘出來，你爹認了屍，也好立即安排埋葬，你沒有道理讓他在這礦上久留著，再費心挖屍覓骸。』

『你說的也有道理。』男鬼說：『不過，我有一宗事，想懇托你跟領班師傅講，讓他轉告我爹，我跟翠娥，業已有過一番恩愛，無論如何，讓我爹能設法替我們補個婚禮，使我們有個夫妻名份，死能同穴入葬。』

『好！』我爽快的答應說：『這宗事我答應替你們說，但也只能說是把話傳到，當家作主，當然全在你爹的手上。』

我說完這些，那對鬼影子還貼在石壁上朝我打躬作揖不離開，我呆了一會兒，才省悟過來，舉起袖子，擦掉我剛剛吐啐在石壁上的血跡，它們才消失了。這事情的事實經過，我全粗粗率率的講了，當夜我就去找帶班的師傅，把這事全告訴了他，他不是旁人，就是藍師傅，下面該他講了。」

「不錯。」沒等我轉頭去問，藍師傅就說：「當時，小胖子跟我說這些，我還以爲是他編織捏造，拿我開心逗樂的呢！二天一早下礦坑，我便按照小胖子所說的，那對男女埋骨的地方，拆下幾根護壁的木樁，那對男女的屍骸，便從木樁背後的碎石裡，直滾了出來，——當時，救難人整理坑道時沒在意，便把木樁立起，把他們連同碎石，擠到護壁背後去了。」

「果然，當天晌午時，有個老頭兒揹著小包袱到礦上來找他的兒子，那正是男鬼的父親，老頭兒不但認了兒子，也認了媳婦去，——都是死的。這宗事，傳遍了那座礦不說，後來，撫順附近各礦上，沒有人不曉得，咱們的胖哥，也就是那時辭職不幹了的。」

「這真是不可思議的怪事！」我說。

「世上事就是這個樣子；」藍師傅說：「你覺得它怪，它就怪得要命，你若覺得它不怪，它就稀鬆平常了。你若喜歡聽，等我有空，講三夜全講不完，有你聽的。」

故事很完整，但沒有結論，屬於靈魂世界的事，都是沒有結論的，否則，它就不神秘得那麼吸引人了！

野狼嗥月

傳說邊荒塞外，有很多地方鬧狼鬧得很兇；像東北的深山和雪野，熱河的森林和縱谷，綏遠和寧夏的砂礫地帶，新疆的草原和石稜稜的山區，甚至蒙邊的沙漠，都是狼群橫行的地方。

但在洪澤湖東岸荒涼的野原上，狼群也是極為活躍的，牠們對於人的威脅，似較塞外尤甚，那並非指狼群的數目多，而是因為那片野原，散佈著眾多的村落。人和狼接觸的機會頻繁，狼群為了獵食，經常侵入村落，吞食牲畜，噬咬村民。經過若干世代，人們確認到狼的存在，對他們構成嚴重的威脅，他們便用防狼的經驗，傳授給下一代的人。有時候，藉著若干恐怖的，關乎狼的傳說，以及過去發生的狼的故事，即使是一個孩童，也很快便會對於狼有了深刻的認識了。

那兒的村民，十有八九都在白天看見過狼的，那些野狼的形狀，和家犬差不許多；頭大喙長，頸間有一圈常會豎立的梗毛，四腿細長，蓬鬆的尾巴，像掃帚似的拖曳在地面上。牠們在白天出現時，多半徘徊在距村落較遠的土崗上，不聲不響的望著什麼，一剎之後，就匿進草叢，村裡的人把這種狼叫做哨狼，意指牠是狼群裡差出來巡風放哨的。

西王莊有個喜歡喝酒的王老木匠，頸子上有一塊斜繞的紫色長疤，據說就是被哨狼咬的。通常，哨狼在白天出現，極少有噬人的情形，除非逼不得已。王老木匠常在酒後重複的提起他當年被狼咬的經過說：

「那年我才十七歲，初學木匠手藝剛滿師，一天半下午，我去東王莊替人打壽材，經過荒地當中的土墩子，那天天色陰沉沉的，風勢勁急，吹得一片草響，一綹綹的沙煙霧騰著。

師傅早就跟我講過，在荒蕩子裡趕路，得要防著狼群，所以，那趟出門，我除了揹著工具袋子，腰裡還插著一把彎把兒的短銃，必要的辰光，好用來打發那些野畜牲。夜晚不敢說，至少，在天色落黑之前，有了那柄短銃，添了我不少的膽氣。

土墩子一邊，是一片綿延的雜樹林子，北面靠著野路，南面是一道深溝，長滿紅草，據說沿溝的沙壁上，都是狼窟，有人管那兒叫做野狼窩。老實說，我那時是年輕氣盛，對於狼，只知道一點皮毛，根本不知駭懼。我在雜樹林邊坐下來歇歇腳，一抬頭就瞧見那玩意兒了，那是一隻很壯的雄狼，也不知是何時盯上了我的？牠站在我側面的土崗頂上，離我不過幾十丈遠，風把紅草吹得波搖著，牠身上近於草色的棕毛，也隨風飄漾著，那雙綠眼，正在瞪視著我。

我心想：這隻野狼在打什麼鬼主意？如今是大白天，我身上又帶著短銃，甭說牠只是單行獨溜，就是成群結隊的來，一時也奈何不得我。不過，我也知道，在狼窩附近逗留下去，也不是個辦法，哨狼具有呼朋引類的本領，牠只要用前爪刨地，把下巴放在地面上發聲長嗥，這附近所有的狼群，都會聞聲聚合，那總是麻煩事兒！

仔細盤算著，翻過幾道土墩子，離東王莊還有一大截路要趕，我若是立即動身，腳底下加快點兒，能在天黑之前趕進莊子，野狼就沒辦法怎樣我了。……這樣一轉念，我便裝作若無其事的樣子，拍拍屁股站起身來，消停的揹起工具袋子，認著野路走了過去，一面走著，一面偷眼察看牠的動靜。

狼這玩意兒，跟狗一樣的聰明，牠也許看準了一路上沒有旁人過路，只有我這麼一個人，比較容易對付，我在窪地的路上走，牠就依依不捨的一路跟下來啦！

我不能不計算計算，如果牠在半路上就動我的手，我該怎樣對付牠？我的工具袋子裡，有三柄鐵鑿，一把鋼鋸，一隻鐵錘，一柄手斧，兩把刨子和一支扳手，我得先利用這些東西對付牠，非等必要時，不輕易開銃轟打；一來銃聲會驚動狼群，二來開銃後，裝火藥頗費時間。一般獵狼人的經驗，說狼在撲噬人畜時，非常快速，銃口的煙霧沒散，牠就撲上來了，這種撲法，俗稱：頂煙上，是狼的絕招兒，所以開銃擊狼，非得一發就能命中牠的要害，否則，遭害的便不是狼，而是開銃的人了！

從西王莊到東王莊，中間相隔廿來里地，一共有三道土墩子，俗稱頭墩、二墩和三墩，那隻哨狼是在頭墩釘上我的，等我走到二墩，再抬臉看看，墩脊上的狼，一隻變成兩隻了，斜乜著眼，齜著白森森的牙齒，貪婪的拖出舌頭，那神情，簡直把我看成牠們嘴邊的一塊活肉了！

倒霉的天氣也不幫忙，陰霾霾的雲吞掉了將落山的太陽，風勢轉得更猛，吹得天上地下，一片沙煙，看上去像就要落黑的樣子了。原先那隻哨狼添了一個同夥，膽子變得更大起來，牠們不再遠遠的吊著，卻從土墩子上竄了下來，像跟路的狗似的，在我背後跟著我走，我快，牠們也快，我慢，牠們也慢，我扭頭望一望，牠們離我最多廿來步地的樣子，牠們這樣跟定了我，使我想到，早晚牠們就要行動的了！

我加快腳步朝前奔，在當時，真盼望前面出現趕路的人，或是後面還有騎牲口挑擔子的人趕上來，那也許會使這兩隻狼驚遁掉，誰知走過二墩，前後仍不見另外的人影，只有我和那兩隻狼。

天色越變越昏暝了，即使我年輕氣盛，也不禁有些心寒膽怯起來。不過，轉念一想，橫豎今晚是遇上了，事到臨頭，光怕也不是辦法，非得硬著頭皮，死撐硬挺不可，牠們怎麼來，我就怎麼去，決不能讓我的駭懼落在牠們的眼裡。

我撩撩背袋，先取出那柄小斧頭插在腰眼，又反手摸出鐵鑿來，到了緊要關頭，可以拿它當成飛鏢使用。當然，我不是獵狼的人，並不想獵到狼，弄床狼毛褥子好過冬，我只希望在奔入東王莊之前，設法保護自己，不讓野狼傷害到我，這些工具，至少能使野狼略有戒懼，不能肆無忌憚的撲襲上來。

沙路越走越窪，兩邊都是沙丘，在玄黃色的暗淡光景裡，領頭的那匹雄狼似乎等得不耐煩了，牠忽然開始要起飛竄的把戲來。……我走著走著，忽然聽見吆啦一聲，那匹狼竟然從背後，飛竄到半虛空裡，從我頭頂上掠過去，落地後，回轉身來，攔在我前面的路當中，大模大樣的坐著，轉動牠的頭，左右斜瞅著我！

我知道，野狼糾纏上人，一到開始打竄攔路的辰光，就表示牠快要噬撲人了，假如我一顯出慌亂的樣子，這兩匹狼很容易會把我撲倒，撕成一片片碎肉。牠坐在前面攔著我，存心看我有什麼樣的反應，我把心一橫，直對著牠走過去，揚手拔出一把鐵鑿來，野狼一看我並沒被牠嚇倒，急忙用前爪交換著刨刨地，朝一旁竄開了。

但這並不表示牠對我示弱，牠只是暫時按捺著，等待下一個機會。從二墩起始，這兩匹狼就交互的在我頭頂上飛過來竄過去的把我軟困著，一會兒，又頭啣尾，尾連頭的，繞著我打轉，牠們用意很清楚，就是要耽擱時辰，讓我在天黑前巴不上莊子，獨留在曠野地上，任牠們結隊來啖掉！

我就是滿心明白，也無法可想了，既不能完全撇開不理會，趕路的速度，便自然的慢了下來，天，眼看落黑啦，假如牠們發聲長嗥，招引大陣的狼群過來圍襲，我這條命算是丟定啦！

反覆一酌量，我只有一個冒險的辦法，那就是趁著天落黑之前，先把纏著我不放的這兩匹野狼給解決掉，不給牠們呼朋引類的機會。三墩業已橫在眼前了，翻過那道土墩子，就能望得見東王莊莊頭的燈火亮了，我能在三墩那裡，解決這兩匹狼最好。三墩離東王莊只有三里多路，莊裡的人，一定能聽得見我開銃轟擊的聲音，他們知道有人遇上麻煩，必會帶著槍銃，打起火棒子，湧出村來救援，這是唯一逃脫狼口的機會了。

既然懷著這樣的打算，我便儘量的快走，當野狼攔住我的路時，我就老實不客氣的用上我的鐵鏨了！野狼見我飛擲出傢伙，倒也有所顧忌，急忙朝一邊閃開，我是連衝帶跑，直奔三道墩子。

那兩匹狼緊緊追著我，也許牠們自以為有把握撲噬我，不願意多個分肉的，所以一直沒發聲嘷叫，這樣一來，我的處境雖夠險，但還有一線希望。

事情終於在三墩發生啦！那時天已真的黑下來了，那兩匹狼一前一後的把我夾在當中，我把三把鐵鏨都當成飛鏢擲了出去，根本沒有傷到牠們的毫毛，牠們低嘷著，朝我逼進，我把工具袋子也扔開啦，左手執著短斧，右手拔出短柄火銃，背貼在沙塹的壁面上，等著牠們進逼；在這最後的時刻，我心裡只有一個念頭，寧願冒大險，直至被牠們噬傷，但在沒有絕對把握的時刻，決不飛擲斧頭或輕易開銃，萬一一斧擲空，或是一銃沒打中牠們的要害，我就再沒有旁的好阻擋牠們了。

就在我轉念之間，牠們是同時撲上來的，我那時也不知哪兒來的那股勁，左手一斧飛劈出去，右手同時響了銃，那一斧正劈在左邊那匹狼的胸腹上，牠身子一落，使我的斧柄脫了手，牠便嵌著斧頭竄開了，牠的血，飛迸到我一邊的手臂和褲管上。右邊猛撲來的是那匹老雄狼，我也發銃轟中了牠，但牠仍然帶傷撲上來，把我撲倒在地上，認準我的頸子咬了一口，我一偏頭，覺得頸子一麻，人便人事不省的暈過去啦！……」

王老木匠被狼咬的經過，東王莊有幾個年紀大的老人都眼見過，他們當時聽見銃聲，打起葵火棒子，趕到三墩去救難的。據他們說：他們趕至三墩，找到王木匠時，他橫躺在路邊的沙塹下，渾身都是鮮血，短柄火銃還緊抓在手上，在他旁邊，倒著一匹中了銃的老雄狼，牙齒滴血，牙縫裡還咬著一塊皮肉。

「當時，我真的以為王木匠死了，」東王莊的長工老杜說：「有人用葵火照光，我蹲下身察看，他的傷口在頸子偏右的一邊，一直扯至耳根，幸好喉管還沒被撕裂掉，摸摸還有一絲游漾氣，才把他抬回莊上，請醫生救回他那條命的。」

「另外一隻狼，到第二天才被找著，」麻臉老頭兒說：「一把利斧嵌在牠胸脯當中，牠居然還連奔帶竄的翻過土墩子，在一片沙地上打轉，轉了一圈又一圈，直到牠身上的餘血流盡了，牠才倒到草叢裡。從灑在地上的血滴，咱們幾乎數得出，牠至少轉了七八圈，……那時，牠準是受傷昏了頭了，還以為是在走直路呢！」

至少在湖邊許多村落裡，都知道當年老木匠打狼的這段故事，一個人一次打殺兩匹哨狼，他自己卻受傷沒死，這不能不說是有膽量，也有運氣，那之後有很多年，王老木匠都是這一帶的風頭人物。

不過，等到小王集的殺豬馱販老湯出現後，老湯前後兩次和狼相遇的經歷，論奇，論險，論機智，都超過了王老木匠的遭遇很多，因此立刻被風播似的傳說著，掩蓋了王老木匠的故事了。

老湯是個流動的肉販，每天四更殺豬，並不在小王集肉市上設攤子賣肉，卻揹了肉下鄉來，串著村子兜售，到了半下午，把肉賣得差不多了，才收拾些臢餘的皮骨和碎肉，趕回小王集去。

這一路常鬧狼，老湯並不是不知道，但操刀殺豬的漢子，十有八九都是人粗膽大的人物，根本沒把鬧狼的事放在意中。

有一回，天到半下午了，老湯賣了肉，還留戀在西王莊的酒舖裡，喝得醉裡馬虎的，和開酒舖的寡婦吉嫂兒調笑。吉嫂兒隔窗望望斜西的太陽，對他說：

「死鬼老湯，你沒看看天到多早晚了？你再不上路，明早你就進狼窩啦，這一路，鬧狼鬧得多麼兇，只怕遇上了狼，你可沒有王老木匠那種運氣呢！」

「我進狼窩，買狼來殺肉賣嗎？」老湯逗樂子說：「只要妳願意吃狼肉，不嫌騷，我就殺隻狼，讓妳嚐嚐狼肉的味道。」

「講真格兒的，老湯，」旁座有人說：「這些年，你常常早出晚歸，獨自一個人走荒路，卻沒像老木匠那樣遇上狼，說來也真怪的慌。」

「這有什麼怪的?!」老湯吹噓說：「你沒聽唱大鼓的唱過武二郎景陽崗上打老虎嗎？我比不得武松，老虎不敢打，打狼總是打得的吧？老實說，這些年裡，我幹殺豬賣肉的營生，紅刀子出，白刀子進弄慣了，腦門上有一股殺氣，野狼是邪物，牠若不趨吉避凶，想找死嗎？」

「嘿嘿，」對方笑了起來：「狼沒找你，瞧你吹牛吹的，狼不是嫌你肉粗，是怕你皮厚，——啃不動你。」

說老湯肉粗也好，皮厚也好，總而言之，這些年裡，屠戶老湯常來往湖濱各村落，沒遇到狼確是真的。不過，那天傍晚，當老湯揹著碎肉，離開西王莊回鎮的時刻，有一隻邪氣的哨狼，從荒塚裡撞出來，就悄悄的跟上他了。

老湯帶著一股子酒意，哼哼唧唧的唱著小調，忽然他發現那匹拖著掃帚尾巴似的狼，正跟在他的背後，伸出貪婪的涎舌，一路用尾巴掃地，掃起縷縷的煙塵。

「咦，你這個鬼東西，」老湯掉過臉去，對著那狼說：「你是眼斜心不正，想要挨一頓?老子正好差一床狼皮褥子，你來得正是時候。」

那狼不管他說什麼，只是用綠瑩瑩的兩眼瞪著他。

一過了荒塚堆，天就黑下來了，狼緊緊的跟在背後，弄得老湯滿心疙瘩，酒意一消，當初發的狠都嚇回去了。他看前面不遠有棵老榆樹，榆樹後面是座小土地廟，靈機一動，便想出個主意來，人說，對付野狼，與其力敵，不如智取。他是臨到急處，不管這主意靈不靈，只好姑且一試了。

他所用的方法很簡單，只用捆豬的繩子，繫在鐵鉤上，鉤尖吊了一塊豬肉，他把繩索擲過樹枒，使鐵鉤上的那塊肉，垂在半空裡搖晃著，而他自己手牽著繩頭，一頭鑽進土地廟去，回臉朝外坐著，抽出他的殺豬刀來，準備和那匹野狼一拚，——假如牠不理會豬肉，一心想吃人肉的話，他就要動刀拚命，力求自保了。

那匹狼一路追著人，又渴又餓，當老湯鑽進廟時，狼便衝著廟門坐了下來，綠眼像兩盞燈似的望著。那夜，天上的月亮欲圓沒圓，斜斜的照在廟門前，老湯坐在門檻裡面，那柄屠刀閃閃發亮，狼看見刀光，顯得很躊躇的樣子，人肉當然很有滋味，不過要冒挨刀的危險，牠歪動著頭，彷彿也在打著算盤。

「鬼東西，你難道沒看見豬肉嗎？」老湯帶著咒詛的意味說：「老子讓你吃白食，當真還不夠便宜?!」

他一面這樣說著，一面抖動繩頭，掛在樹枒上的，鐵鉤鉤著的那塊豬肉，便更加晃盪起來。

狼總算看到那塊豬肉了，豬是狼愛吃的牲口之一，狼當然對那塊豬肉很有興趣，拿它和躲在廟裡的人比較，那塊豬肉顯然要小了一點，不過，牠覺得吃那塊豬肉比較容易，不必冒險。牠用前爪刨刨土，捲動舌頭，一會兒望望老湯，一會兒又望望那塊吊在半空裡的豬肉，這樣三心二意的望了一會兒，牠彷彿做了一個兩全其美的決定，牠想先拿那塊豬肉當成點心，吃完了，再回到原地來和老湯對耗，有了點心又有正餐，總比癡守著挨餓要強。

牠打定主意站了起來，慢慢走近老榆樹，輕輕繞著圈子，彷彿疑慮沒有消失的樣子，等牠兜了幾個圈子之後，確定這塊肉可以吃，並沒有什麼不妥的花樣，牠便在樹根下撒了一泡溺，退後幾步，飛身人立起來，認準那塊肉，動口撲噬上去。

牠身子竄到半空中，確實把那塊豬肉啣進嘴了，屠戶老湯猛的一拉繩頭，鐵鉤上升，洞穿了狼的上顎，把那匹狼給懸空吊了起來，那情形，跟用釣竿釣魚一樣。狼的四腳划風，一陣掙扎，但毫無用處，牠是掙不脫，逃不掉啦！

「哼，你這個吃白食的，你算是走錯了攤位啦，也沒打聽打聽，我老湯的豬肉，是容易白吃到嘴的嗎?!」

可憐那匹被鐵鉤鉤穿上顎的狼，連嗥喚求救都叫不出聲來了，順著那塊堵滿牠嘴的豬肉，滴進牠喉管裡去的，卻是牠自己的鮮血。

屠戶老湯的計謀得售，也就不再客氣了，他站起身收繩，再把繩子緊繞在樹幹上，打了個死結。然後，他走過去，很親熱的摸摸狼脊背上的皮毛說：

「你吃我的豬肉，我活剝你這張狼皮，咱們算是收支兩抵，誰也不欠誰的，也許你挨剝時有些疼，單望你忍著點兒，我老湯刀法熟練，剝起來很快，不會拖泥帶水，讓你多受洋罪的。」

說著，他就操刀把那匹狼給活活的旋剝掉了。

後來，爲了向西王莊的人炫耀，他曾把硝製好了的那床狼皮褥子帶下鄉，給村裡的人摸過，看過，證明他使用釣魚的法子釣著一匹狼不是空話。……一般人品論起老湯獵狼，在方法和機智上，都超過王老木匠很多；而老湯獵了狼，自己卻毫髮無傷，比王老木匠被狼咬暈，那又強得多了。

鄉野上的人，多半相信氣機相感的說法，說是吃過狗肉的人，都不得狗緣，狗一見著他，就會拚命的咬；那麼，把這種說法移到狼身上，也是一樣。有人就曾作過這樣的預言說：

「瞧著吧，老湯旋剝了一張狼皮，也沒有什麼好得意的，日後他早晚趕荒路，狼群不會輕易放過他的，他總不能屢次使用鐵鉤釣狼的老法子，那時候，他就要吃上大虧了，說不定還會貼掉性命呢！」

證諸事實，這種預言式的料斷，並不完全是空穴來風，過不久，當老湯同平時一樣的揹著蒲包，揣著殺豬刀回鎮時，他又遇上狼啦！

這回遇狼的時間要早一些，但卻不是一隻狼，而是一群狼，至少有六七隻。那天老湯的生意好，肉都賣完了，蒲包裡沒有碎肉，只賸幾根光禿禿的大骨頭，狼群在半路上跟上了他，把老湯嚇得直豎汗毛。

「我的兒，你們不是來替早先那隻報仇的吧？」他喃喃的自語著。

狼群不理會他，搖頭晃腦的跟著他走。

老湯看看斜西的太陽，他的殺豬刀磨得再鋒利，也鬥不贏這一大群野狼，他必得要趁太陽落山前，想妥對付的方法，要不然，他就很難活回去了。

平素迷離馬虎的人，臨到危急的辰光，往往會想出異想天開的怪點子，老湯一拍腦袋，就想到一個方法了。在路邊不遠的地方，有一處野麥場，當地的農戶們下田收莊稼時，由於田地距村落過遠，把稼禾收割了，運送回莊去，有許多不便，所以，多在田地當中，或是靠近野路邊的地方，開闢一座野場，就在野場上碾麥，播揚，只把糧食運回去，而把禾桿子留在野場一角，堆成泥巴封頂的草垛子。老湯從這兒經常過路，一路有些什麼，都一清二楚，他想到的這座野場，佔地有好幾畝大，場角堆了五六個麥草垛子，有兩個剛封頂，一隻長腿木梯還沒有抽掉。

他早把算盤打好了，回頭看看，那群狼還在緊緊的跟著他，他伸手到蒲包裡，取出他應急的武器——幾根肉骨頭，朝狼群扔了過去，在這點上，狼跟狗差不多，一見骨頭，便爭著啣，爭著啃，和老湯拉遠了距離。老湯趁著這個機會，一奔子跑到野場角上，順著長腿木梯子，一溜煙似的爬到草垛頂子上，立即把木梯抽了上來。

草垛子有兩丈高，一座城堡似的，野狼雖會跳躍，卻也跳不了那麼高，而且草垛子四周都是麥草束子，又軟又滑，狼爪子落下去不把滑，不得力，根本爬不上來。這樣，他就可以安心坐在垛頂泥蓋上，等著熬過夜晚了。

他坐到草垛上，抽上梯子來，那些搶骨頭的狼群也跟著到了。老湯慢吞吞的取出他的小煙袋桿兒，裝了一袋煙，打火吸著煙，神態悠閒的望著圍在野場上的狼群，心裡想：鬼東西，你們有本事，儘管在老子面前亮出來吧！能奈何得了我老湯，算你們行！

太陽逐漸落山了，那些啃了骨頭的野狼，仍然飢餓不堪，幾根到唇不到嘴的骨頭，反而把牠們肚裡的饞蟲惹得蠢蠢蠕動，牠們有的坐著張望，有的拖著尾巴走來走去，看光景也在想什麼歹主意。老湯既已坐上了草垛頂子，只好以不變應萬變，等著狼群先發動了。

狼群的忍耐功夫，似乎要比老湯略差一個頭皮，趁著薄暮時，牠們就撲躍向草垛子上來了。但牠們只能跳到草垛頂子的邊緣，前爪一落，身子就滑了下去，根本無法爬上來，一面拚命朝上跳，一面又乒乒乓乓的朝下掉。牠們愈是不服氣，愈是跳得兇，愈是摔得重，前後不到半個時辰，每匹狼都跳累了，張開嘴直喘。

後來，牠們連跳都跳不動了，只有垂頭喪氣，坐在下面發呆的份兒。

入夜時，有一匹老狼跑了開去，過不了一會兒，牠從別的地方，領來一個毛色灰白的怪東西，老湯就著月光，仔細一看，原來那老狼請來了牠們一向依賴的狗頭軍師——一隻狽，那意思是要狽來替牠們出主意：如何才能把坐在草垛頂子上的那個人拖下來吃掉？

一般說來，狼在鄉野人們的眼裡，已經算是很神秘的動物了，但狽比狼更爲神秘。老湯也零零星星的聽說過一些關於狽的故事，說狽和狼原是近親，狼的毛色，會隨著季節的不同而產生多種變化，而狽的毛色，總是灰白的；此外，狽的兩條前腿太短，兩條後腿，又過份的長，因此，行動迂緩，很不方便，上坡還可以遮短，一遇下坡，便只有栽筋斗的份兒了。

狽是個懶惰、骯髒、無用的東西，如果離開了狼，牠根本無法單獨生活下去。狽離不開狼，狼偏偏也離不開狽，因爲狽的唯一本領，就是腦子聰明，會替狼拿主意，狼只有言聽計從的份兒。狽假如離了狼，牠的歪主意就無法施行，狼如離了狽，遇上困惑疑難，也就無法解決，只有乾瞪眼的份兒啦。世上形容一窩壞蛋結夥，叫狼狽爲奸，真是妥切得很，狼和狽實是相互依存的。

老狼請來的這隻狽，用前爪搭在狼身上，緩緩走到野場當中來。狽的白毛，髒得結成餅兒，但其餘的狼見了牠，都露出興高采烈的樣子，紛紛圍繞上去。那隻狽抬頭望望坐在高高的草垛頂上的老湯，前爪離開狼身，一拐一拐的走到草垛子腳下，把頭伸進草窩裡，費力扒刨，做出打洞的樣子，然後退回場中，端坐不動，表示要狼打洞朝上爬，牠只要等著吃肉就成了。

狽的動作看在老湯的眼裡，嚇得他心驚肉跳。他知道，狼的前爪銳利如鉤，而尖稜稜的狼牙，又硬得像老虎鉗一樣，牠們打洞的本領不亞於野獾狗，麥草是虛鬆的東西，打起洞來，比刨鮮土更容易，這樣一來，不到起更，牠們就會爬上來把自己撕碎，去塡塞牠們飢餓的肚腸了！他總不能眼睜睜的坐在上面等死，他得儘快的想出對付牠們的辦法來。

他舉眼望望附近，同樣的草垛子一共有三座，垛頂相距不算遠，只要橫過長梯，就能搭得上，他目前不必動彈，等著狼群打穴鑽進草垛子再說，——他已經想到一個絕妙的法子，那是連老奸巨滑的狽也不會料到的，有了這個主意，他便一點兒也不在乎了。

狼群聽了狽的主意，果真繞著老湯存身的那座草垛子腳下，拚命的打起洞來，牠們打洞的速度眞是快，不一會兒工夫，幾隻狼就鑽到草垛的肚裡去了。老湯歪過身子，把耳朵貼在垛頂的泥蓋上，仔細諦聽，乖乖隆的冬，到處都是窸窸窣窣的扒草的聲音。

他在等待著。

這樣等有一頓飯的時辰，他俯耳再聽，扒草的聲音愈來愈近了，他點點頭，自言自語的說：

「差不多是時刻啦！」

說著，他便站起身，豎起那座長腿梯子，朝鄰近的草垛放落，這樣，長梯變成一座橫擔在兩座草垛之間的一道浮橋了。

他搭好了橋，便從腰眼摸出火刀火石來，打火燃著了一段火紙媚兒，把它丟到草垛腳下去，草垛腳下堆積著狼打洞時拖曳出來的乾麥草，一見著火，哪還有不引燃的？剎時之間，一股火燄便升騰起來，飛快的朝四周擴大，蔓延，熊熊勃勃的不堪收拾了！而老湯卻在草垛子著火的時刻，順著橫倒的長梯，爬到另一座草垛上去，立時抽回梯子，依樣畫葫蘆，逃到第三座草垛上，然後，把長梯落地，拔出他的殺豬刀，奔向坐在野場當中的那隻狽來了。

火從草垛子外面燒起，當時正陷在草垛肚子裡的狼群並不知道，火勢習慣是由下向上揚，等狼群發現不對勁時，火燄業已燒到屁股啦！草是虛軟的東西，狼是逃也逃不掉，跳也跳不起來，火勢大起後，只聽得火燄當中，一片嗚咽的狼嚎。

那隻失去狼群保護的狽，一看見火起，嚇得渾身打抖，腿也軟了，又看見在火光裡揚刀奔向牠的老湯，只有硬起頭皮，咧開嘴，暴出兇惡的牙齒，想跟老湯拚命，但牠一動就跌筋斗，被老湯一屠刀洞穿了肚腹，打了幾個滾，就安安靜靜的躺在那兒，不再爲分肉吃的事兒操心費神了！草垛子燒得啪啪啦啦響，有一匹狼從火光當中，飛竄起來，落在老湯坐過的垛頂的泥蓋上，不旋踵間，垛頂也向下陷落，那匹狼仍然落進火裡去了。

按理說，屠戶老湯這一回，一共燒死六七隻狼，又刺殺了一隻狽，應該更高興才對，但他說起這事來，卻愁眉苦臉，因爲他當時也沒想到：放火燒掉農戶的草垛子，他要負責賠償的。那座草垛子有一萬八千斤麥草，使屠戶老湯賠掉了很可觀的一筆錢，他形容說：

「足夠買兩條大肥豬的！」

「你可不能這樣計算啊！老湯，」西王莊的人逗他說：「放火燒掉草垛子，卻救了你的命，難道你的一條命，還不抵兩口肥豬値價嗎?!」

在濱湖一帶的村鎭上，由於狼群狡獪貪婪，人和狼之間的衝突，是永遠沒有完的；人總小心翼翼的防著狼，而狼爲了生存和獵食，也無時無刻不在動腦筋侵犯人；日子綿延著，人和狼衝突所產生的故事，也只有愈來愈多的了。有些貪利的獵人們，每到秋冬季，會放車到這片荒涼的草野上來，搭起車棚子獵狼，他們知道狼的習性，畏光畏火，知道狼會飄忽打溜，躲避槍彈，知道狼喜歡吃乳豬和奶羊，知道狼身體各部份，有哪些地方強？哪些地方弱？有句流行的俗語，說狼是銅頭，鐵爪，麻稭腿，那意思是指狼的腦袋很硬，狼爪極端尖銳有力，而最弱的部份就是四條細長的腿，狼的腿骨又細又脆，即使挨上一竹棍，也會斷折，他們打狼時，專會利用狼的這些弱點。

這些獵手們職業性的獵狼，通常都平淡無奇，不及老木匠和屠戶老湯獵狼的過程精彩，他們很少使用火銃打狼的獵法，一般都是使用挖陷阱的方法。這種方法，不僅是一時一地施行，北方各地，多年來，也一直使用著。方法說來很簡單，那就是在野狼經常出沒的地方，挖成六七尺深，三四尺方圓的陷阱，上面覆蓋著一塊方形的厚木板，木板當中，挖出一個盤口大的圓洞，形狀好像一面枷。獵人事先蹲在陷阱裡面，帶著乳豬或是奶羊羔子，到了夜晚，獵人便不時的打豬打羊，使牠們發聲嘈叫，狼聽到了，摸索過來，伸著一隻爪子到圓洞裡去，想攫住豬羊，這時候，獵人便乘機拖住狼腿，站起身來，連板帶狼一起揹了就走。狼雖然牙尖爪利，但中間有一層厚木板隔著，使牠無用武之地，只有啃木板的份兒了，獵人們使用這種方法捉狼，十有八九是手到擒來。不過，偶爾也會產生一兩宗意外，那就是當獵人揹起獵得的那匹狼上路時，忽然發現另外還有一隻狼，原來牠們倆是一道兒來的。

有個姓陳的獵人，就是那樣死的。

雖然，人和狼的相鬥，總是狼輸的時候多，但狼仍然爲牠們的生存奮鬥著，想出花樣來從村莊上偷取牲畜，有時，嬰兒和幼童，也經常落在狼的嘴裡。

在眾多的家畜裡面，有些是特別怕狼的，有些是略略怕狼的，有些是根本不怕狼的，一般說來，豬、羊和驢子，怕狼怕得最兇。狼吃羊，羊根本無法抗拒。東王莊有戶人家，羊圈裡養了百十頭羊，白天放出圈去，由牧羊的工人趕羊去野地上吃草，傍晚趕羊回圈，都要仔細的核對數目，每到夜晚，羊圈裡掛著馬燈，還要派人徹夜值更，看守著羊群，因爲狼潛進羊圈偷羊的事情，早先發生過的次數，實在太多了。

那家請的牧羊工叫老趙三，年紀雖說大了一點，但耳聰目明，也很盡責，他每夜都抱著火銃，睡在羊圈一角的小屋裡，只要聽見外邊有一點風吹草動，都會拎著燈，到處照看一番。

那年冬季，羊群在夜裡總是不安靜，老趙三也披衣起來瞧看過，並沒發現什麼，但等第二天數羊時，卻發現羊少了一隻或是兩隻，他明白那全是有狼潛進羊圈，偷偷把羊給偷走了，使他奇怪的是：當羊群騷動時，他明明起來拎燈照看過，爲什麼當時沒能發現狼呢？

他發狠要查明白這宗事情，要不然，他沒法子對主人交代，怎能說無緣無故的丟了羊呢？

一個起風落冷雨的夜晚，天色烏漆墨黑的，老趙三睡得正酣，忽然被咩咩的羊叫聲驚醒了，他怵然一驚，立即爬起身來，揣上短把火銃，摘了捻亮的馬燈，奔到羊圈中來，在他眼前的那些羊，仍然帶著餘驚，像高風壓浪似的彼此捱擦著，亂奔亂竄，每隻羊的眼裡，都帶著恐懼的神色，表示出牠們看見了什麼？

老趙三看羊多年，不是沒有經驗的人，曉得一定有狼潛進羊圈了，但他拎著燈四處走動，仔細的照著，地面上沒有血跡，也找不到其他可疑的徵狀，更沒有發現狼的影子。

「約莫是外頭起風，驚了牠們了？」他自言自語的喃喃著，一面把馬燈捻暗，回到小屋裡去，倒頭又睡，可是，剛剛迷盹著了，羊群又騷動起來了，他不得不揉著睡眼，重新拎燈去巡視一番。

這樣，羊群一夜之間，無端的騷動了三回，等到四更天，睏盹極了的老趙三一覺睡過去，就沒曾再被另一次騷動驚醒了，等到他天亮醒來，再想拔柵放羊出圈時，可怕的景象在他眼前出現了！

羊圈哪還像是羊圈，簡直變成使人觸目心驚的屠場了；一百多隻羊裡，有二三十隻橫倒在地上，地面上都是撕下的羊皮、羊毛和淋漓的血跡，狼並沒有挑肥揀瘦的去吃某一隻羊，卻以把羊咬斃爲樂，每隻羊的傷口都在咽喉部位，其餘的身體各部沒有傷痕。……當然，老趙三爲這事丟了差使，當主人辭退他，想另行招工看羊時，有經驗的牧羊人都不願去應徵了，據他們說，狼這樣咬斃群羊的事，在北地經常發生。

和狼咬羊的事情相比，狼吃豬的事就要顯得文明些兒了。

西王莊緊靠湖邊，窪地上溝泓遍佈，留有許多淺淺的沼澤，生長著野蘆、浮萍和各式水草，有無數小魚小蝦，莊戶們養豬，並不要費心勞力，只要買了秧豬（即種豬），生下小豬來，砌個豬圈就成了。白天拔開柵門，把豬給放出去，老豬自會帶著小豬，進入那些淺沼，蘆根、水藻、萍葉和小魚小蝦，就是最好的天然飼料，不用花費一文錢的。豬的模樣看起來蠢笨，其實很夠通靈，一到傍晚，老豬自會帶領小豬回圈去，和人一樣的查點牠子女的數目，如果少了一隻，牠便會不安的哼叫。

由於那一帶的田地都是很鬆的沙壤，一般豬圈的圍牆都打得不高，大約三四尺的樣子，而且牆根兩邊，還要加上護樁，落雨時，才不致把豬圈沖倒。這種豬圈要想防狼，根本談不上的，農戶們只有一個方法來保護豬隻，那就是儘量把豬圈和家屋連在一起，一有動靜，就拎燈荷銃過去察看。

貪饞的狼群很垂涎那些豬隻，但牠們到底畏懼人，不太敢進莊子。同時，莊裡的狗群處處和牠們作對，狼原有意和狗敘敘交情，但狗群端人碗，服人管，六親不認，硬把狼這門子遠親當成異物。狗雖力不足斃狼，但狗仗人勢，理直氣壯，驅逐入窺的野狼是毫無問題的。狗只要大驚小怪的一陣吠叫，人就會明火執仗趕來替狗撐腰，狼自然只有拖著長尾，落荒而逃的份兒啦！

狼明知情勢於己不利，但總捨不得那些透肥的豬隻，於是，牠們想出一個新奇的主意來，牠們挑選出身強力壯，又有經驗的雄狼進村冒險，避過狗群的耳目，悄悄跳進豬圈，認準一條肥豬，只咬牠的尾巴，咬住了就朝後拖，豬有個拗脾氣，你越朝後拖，牠就沒命的朝前掙，狼適時一鬆口，護疼的豬前腳一立，就跳出豬圈的矮牆，向野外狂奔而去了。這時，進圈的狼如法炮製，再咬另一條豬的尾巴，使牠照樣跳出圈去，這時牠的任務完畢，立即逃竄，等人聲嘈雜，燈火亂晃時，牠早已不在豬圈裡了。人點點少了兩口豬，天又黑，風又大，野地無邊，到哪兒找豬去？

這叫做狼請豬，不傷牠們，只是設計把豬請出圈去，等出圈的豬奔至黑夜的曠野上，來接豬的狼早在一邊等著了。牠們不願在離村很近的地方，匆匆忙忙，又擔驚受怕的吃豬，假如咬死了動口拖，又嫌豬隻屍肥體重太費力，又太累贅，牠們便用另一個方法來趕豬。

說起狼趕豬的方法來，真是又輕鬆又巧妙，連人都會自嘆不如。牠們只要張開嘴，不輕不重的咬住豬的耳朵，豬就得乖乖的跟著牠跑，牠向左，豬跟牠向左，牠向右，豬便跟著牠向右。豬的渾身上下，只有兩處地方最敏感，那就是耳朵和尾巴，偏偏這兩處護疼的地方，都被狼給摸到了，用上了，牠不聽話行嗎？

西王莊有人打著火把找尋豬隻，親眼看見過狼趕豬的，他回來形容那光景說：就像怕老婆的漢子，被老婆捏住耳朵拖著走一樣的乖順，不過，等到豬被請進狼窟，那結果，就比怕老婆的漢子更淒慘了。

說到另一種怕狼的家畜——驢子，真是怕得太過份了一點。就體型而論，驢子要比豬和羊高大，但牠的膽子，簡直比菜豆粒兒還小，即使在白天，走在路上的驢子，一聽見遠處狼的嗥叫聲，牠也會嚇得呆站在原地，四條腿沙沙打抖，嘩啷嘩啷的嚇出溺來。有人見到狼攻擊驢子的情形：驢子見了狼，大魂都嚇出了竅啦，總是呆在那兒，一動不動的聽憑狼去收拾牠。

狼撲驢極盡殘忍惡毒的能事，牠竄上去，用前爪橫擊驢的肚腹，只一爪，就會像快刀切豆腐一樣，把驢肚子撕開，來一個活生生的大開膛。驢子應聲倒地，但並沒死去，兩隻充滿痛楚和恐懼的眼還大睜著，眼見牠自己熱騰騰的腑臟和肚腸流瀉出來，狼很喜歡這種新鮮的熱食，就地搶著吃，不一會兒工夫，便把驢子的肚臟吃空了。牠們往往把活著的驢殼子扔掉不顧，舐著牙齒離去，讓沒有肚臟的驢，慢慢的死去。

比較起來，牛和騾子，怕狼的程度就輕得多了。

牛頭上有角，足可保護牠的頸項，同時牠的四蹄沉穩，力氣巨大，狼不容易撲得倒牠，一隻壯牛除非遇到群狼圍攻，牠在面對一隻狼的時刻，有能力保護牠自己。至於騾子，雖具有驢子一半的血統，但也具有一半馬的烈性，因此，當狼來撲襲牠的時候，牠不會任憑宰割，而會亂跳，亂咬，亂踢，亂叫。作賊心虛的狼，可以不怕騾子的咬踢，卻很怯懼騾子的亂叫聲，因此，狼咬傷騾子的事會有，吃掉騾子的事少見，主要的是因爲牠不能得到充分時間，好放心大膽的修理騾子。

說到根本不怕狼的家畜，那就是狗和馬了。

任誰都知道，馬是雄武的烈性牲口，一向吃軟不吃硬弄慣了的，牠不喜歡狼那種鬼祟、邪氣的樣子，牠自然也不肯買狼的帳啦！正因馬有這種烈性，兩軍陣前，槍林彈雨都嚇不著牠，休說一兩隻狼。論身軀，馬比狼高大魁偉；論行動，馬也夠得上靈敏快捷，論力氣，馬毫不輸於任何一隻狼；這些條件都在其次，最主要的是馬有膽量，馬既毫不怕狼，狼倒有些怕馬了。

西王莊王老爹家有一匹小川馬，平素都跟驢子拴在一個槽頭上，有一夜，月黑風高，一匹打食的野狼闖進了牲口棚子，那兒拴的兩匹驢都嚇軟了腿，等著狼宰割牠們了，但那匹野狼卻霉星罩頂，餓花了眼，竟然把小川馬錯當驢看，一個飛竄，橫撲了過來。

小川馬一向瞧不起狼，看到牠錯把自己當驢欺，心裡更是火冒八丈，當那匹狼竄近牠腹部時，川馬身子一閃，飛起一蹄子，踹中狼的身體，把那匹狼踹得連翻幾個筋斗，摔落到兩丈開外去，跌得頭昏眼花。

那匹狼如果是個識相的，上了一次當，懂得學乖，夾著尾巴，忍著餓退走，也就平安無事了。誰知牠惱羞成怒，滾了一身泥沙站起身子，立即作勢，又撲上來。這一回，川馬扭過屁股，尾巴一搖，雙蹄迸發，用足勁對準狼頭踢了過去，這傢伙正好踢在狼的嘴上，狼在半空中打滾翻身的直摔出來，腰桿又撞上棚角的橫木，一跤跌得牠七葷八素不說，狼牙叫踢掉了兩顆，滿嘴滴著鮮血，慘號著，一歪一拐的逃走了。

王老爹和宅裡的長工人等，是聽著慘厲的狼嘷，才驚起來拎燈照看的，他們奔至畜棚一看，馬和驢都好好端端的拴在那裡，只是棚外的地上，留下一路血跡和狼的爪印，他們另外還撿著了兩粒狼牙……。

談到不怕狼的狗，情形就比較複雜，有些狗實際上也怕狼，那得要看是什麼樣的狗?!……幾年前，西王莊外有一個墾荒戶老何，三間丁字屋，搭蓋在野林邊上，老何夫妻倆都膽大健壯，有人勸告過他，希望他搬進莊裡來住，免得遭狼的禍患，老何拒絕了，他說：

「不要緊，狼這邪皮子貨色，不是我那老黑的價錢，有老黑替我看家守宅，三兩匹狼，休想進我的宅子！」

他所說的老黑，是一條異常壯實的獵狗，眼下有兩塊黃斑，俗稱四眼狗，是狗中兇猛的一種。

老何夫妻倆有兩個孩子，乳名大呆二呆，都是男孩，大呆三歲過頭，二呆剛剛斷奶，兩人平時下田去，習慣把老黑留下來守門，兼看兩個孩子。老黑對於外人很兇猛，但對主人一家卻忠心耿耿，而且非常通靈，完全懂得主人的吩咐。

老黑看孩子，可說看得很緊，牠遵照主人的囑咐，只准大呆和二呆在屋裡玩，牠坐在門口監視著，完全是一夫當關的氣概，有時，大呆想偷溜，老黑便老實不客氣，一口叼住大呆的腰帶，便把他給啣了回來。

這天，老何夫妻倆放牛車去趕小王集，散集時遇上一陣大雷雨，回來晚了，到了二更天才趕回宅裡來，車到門口，不見老黑迎過來，老何便覺有些不妥，轉對他的老婆說：

「大呆他媽，情形不妙，老黑到哪兒去了？」

「是啊！」何嫂兒也覺得很納罕說：「早先不管咱們什麼時刻到家，老黑總老遠就迎上來的。」

「不好！」老何跳下車，抓起火銃來說：「大呆和二呆，恐怕出了什麼岔子了！妳瞧門開戶敞的，妳拎著車轅的馬燈，咱們不忙卸牛，先趕過去看看吧！」

夫妻倆一個執銃，一個拎燈，朝前走沒多遠，就看見一匹狼臥倒在血泊裡，不用說，這是野狼犯宅，被老黑咬死的。

兩人走進屋，舉燈瞧看，一屋子亂得不堪收拾，桌也翻了，凳也倒了，壞盤碗盞碎了一地，有一匹狼死在門檻裡面，另外一匹和老黑倒在一起，從這種激烈咬鬥的情形判斷，可以推定至少有三匹狼侵襲這宅子，老黑就跟狼群咬鬥起來。三匹狼全死了，老黑渾身上下也都是傷，但還留有一絲奄弱的游氣，看見主人夫婦，還能無力的拍動尾尖，那意思是表示牠已經盡了死力。

「啊！老黑，孩子呢？孩子還在吧?!」

何嫂兒一傷心，就抱著老黑痛哭起來。

老何到處找孩子，誰知大呆和二呆卻在沒火的灶洞裡爬出來了，變成了兩個炭人。大呆說過當時的情形，說狼在屋外嗥叫，老黑便先把他們叼到灶洞裡，然後和野狼咬鬥，野狼多，老黑退進屋，野狼跟進屋來，咬鬥了老半天，連二呆都嚇呆了，哭不出聲來。

從那時起，濱湖一帶又多了一句俗語：「一狗能鬥三狼！」後來老黑並沒有死，但牠老了，也殘廢了，只能懶懶的躺在門口曬曬太陽。

奇怪的是，狼群有很久都不敢再接近老何的家宅，老狗雖已老廢，牠的威風仍在，足以懾服狼群，使那貪饞的邪皮子貨望之卻步。

總之，在人和狼的無盡衝突當中，彼此間又夾上各種情況不同的家畜，事件交織，很是複雜。人和狼爲了剋制對方而爭勝，也都殫精竭慮，想盡方法，狼企圖擴展牠們的生存領域，但人類畢竟是萬物之靈，莫說大人，就連孩子，有時候也能捉得住狼。

孩子捉狼的事，也就發生在老何家裡，捉得狼的孩子，正是大呆和二呆兩個弟兄。鄉下人取乳名，總愛用「呆」呀、「憨」呀之類的字眼，以示淳厚，名字呆，人卻一點兒也不呆。

老黑老死後，老何在西王莊抱回一條小狗養著。那年大呆七歲，二呆也五歲了，兩個兄弟很喜歡聽故事，尤其喜歡聽人們如何捉狼的故事。屠戶老湯一向跟老何很要好，每回路過何家丁頭屋，都會進來歇歇腿，討點熱茶水解渴，順便跟大呆和二呆兩個孩子，講些打狼的故事，這兩個被那些故事吸引得沉迷了，發誓說他們也要捉住一隻狼。

那年夏天，老何夫婦倆下田去打玉蜀黍葉子（玉蜀黍垂鬚時，黍葉太多，分散養分，必須除掉一些老葉，玉蜀黍方能多結實，增加收成，故除葉工作，為秋稼重要工作之一。），把兩個孩子和一條小狗留在屋裡，近晌午的時分，把孩子留在屋裡，照理說，應該不會有事的。

誰知天下事，偏有越出常理的，那天有一夥莊稼漢子，在一處高粱田裡，發現一匹狼，大夥兒拾起鋤頭追逐了一陣子，沒有追著，狼又竄進青紗帳裡去了。

這隻野狼越過禾田，一走就走到老何家的丁字屋背後來了。在大白天裡，野狼是沒膽子侵入家宅的，但大呆和二呆兩個孩子，正在屋裡逗弄小狗，小狗被逗樂了，奶聲奶氣的吠叫著。這汪汪的嫩聲，使飢餓的野狼產生了興趣，牠聽了一會兒，決意攀到窗口看看動靜，假如有機會的話，能攫住一隻小狗當點心，壓壓潮，也是一宗美事兒。

大呆和二呆兩弟兄，在屋裡逗著小狗，玩得正起勁兒。二呆繞著桌子跑，小狗追逐二呆，汪汪叫個不歇，大呆追逐著小狗，也在汪汪的學狗叫，這時候，野狼已經人立起來，伸著腦袋，攀在窗口朝屋裡偷窺了。

老何因爲丁字屋太孤，所以門窗都做得很堅固，窗外加了一層木格扇，那隻狼很垂涎兩個孩子和一條小狗，但牠無法越窗而進，攫著這三個小獵物飽啖。一急之下，便從木窗格中，探進一隻前爪，等機會抓撈，因爲，繞圈子的小孩每繞一圈，必定要經過窗口，也許一撈就撈著了，撕塊肉下來解解饞也是好的。

誰知狼爪剛伸進來，小狗就先看到了，牠停止奔跑，朝定一個方向怒吠著，大呆抬頭一看，對他弟弟二呆說：

「是野狼來了！我們捉狼玩吧！」

「好啦！」二呆說：「我去找繩子。」

人說：初生之犢不怕虎，這兩個孩子聽捉狼的故事聽多了，非但不害怕，反而滿腦子都存著捉狼的念頭。二呆跑去取來繩子，大呆打了個油瓶活扣兒，朝狼爪上一套，然後拉緊繩子，拴在立柱上，狼就縮不回牠的爪子了。

「我們把牠捉住了，」二呆說：「又該怎麼辦呢？」

「這樣吧！」大呆說：「湯老伯留個袋子在門後，你去把它拎來。」

二呆把屠戶老湯寄放的袋子拎來了，裡面有刀，有捆豬繩，有刨豬毛的刨子，還有一支殺豬時吹氣用的吹管，大呆看了，眼睛一亮，出了個主意說：

「這吹管能吹豬，不知能不能吹狼？」

「管它呢！」二呆說：「拿刀把狼蹄割個口子，把吹管插進去吹吹看！」

大呆果然拿刀把狼蹄上方割了個口子，把吹管插進去，鼓起腮幫，用力吹起氣來了！可憐那匹野狼，做夢也沒料到，平白的會栽在這兩個孩子的手裡。牠的身體被阻擋在木窗隔扇外面，一隻伸進窗子的前爪，被繩索的活套套住了拖不回來，另一隻前爪，要搭在窗台上，支撐牠人立起來的身體，那支吹管插到牠的皮下去，大呆每吹一口氣，牠就覺得皮和肉逐漸的分家，疼得牠把牙齒抵在窗櫺上，不住的慘嗥。

在禾田裡打葉的老何夫妻，大白天聽見狼嗥聲，丟下籮筐，沒命的朝回跑，生恐孩子吃了狼的虧，等他們跑到家，那匹野狼已經被大呆吹胖了！

時間綿延著，人和狼的故事，是永也說不完的。當然，在眾多人與狼的衝突中，人們佔了很大的贏面，但這並非意味著征服，至少，人類離征服狼群的日子，說來還很遙遠。人們即使能夠征服外間有形的狼，但每個人的心裡，總蹲踞著一匹無形的野狼，牠的影子常化成人的影子，直到如今，人們對於狼的認識，還不是全般的。有月光的夜晚，狼群常聚在高處，人立起來，對月嗥叫著，誰能聽得懂，在那種原始，神秘，尖厲綿長的聲音裡，究竟包含著一些什麼?而人和狼的分際又在哪裡?

國家圖書館出版品預行編目資料

祝老三的趣話／司馬中原著.— 初版 —
臺北市：風雲時代，2007.10
面；　公分

ISBN 978-986-146-410-7 (平裝)

857.7　　　　96018157

祝老三的趣話

作　　者：司馬中原
出 版 者：風雲時代出版股份有限公司
出 版 所：風雲時代出版股份有限公司
地　　址：105台北市民生東路五段178號7樓之3
風雲書網：http://www.eastbooks.com.tw
官方部落格：http://eastbooks.pixnet.net/blog
信　　箱：h7560949@ms15.hinet.net
服務專線：(02)27560949
郵撥帳號：12043291
執行主編：朱墨菲
美術編輯：許芳瑜

法律顧問：永然法律事務所　李永然律師
　　　　　北辰著作權事務所　蕭雄淋律師
版權授權：司馬中原
初版二刷：2009年5月

ISBN：978-986-146-410-7

總 經 銷：成信文化事業股份有限公司
地　　址：台北縣新店市中正路四維巷二弄2號4樓
電　　話：(02)2219-2080

行政院新聞局局版台業字第3595號
營利事業統一編號22759935

定 價：220元